寶誼之心
2
一杯飲料 著

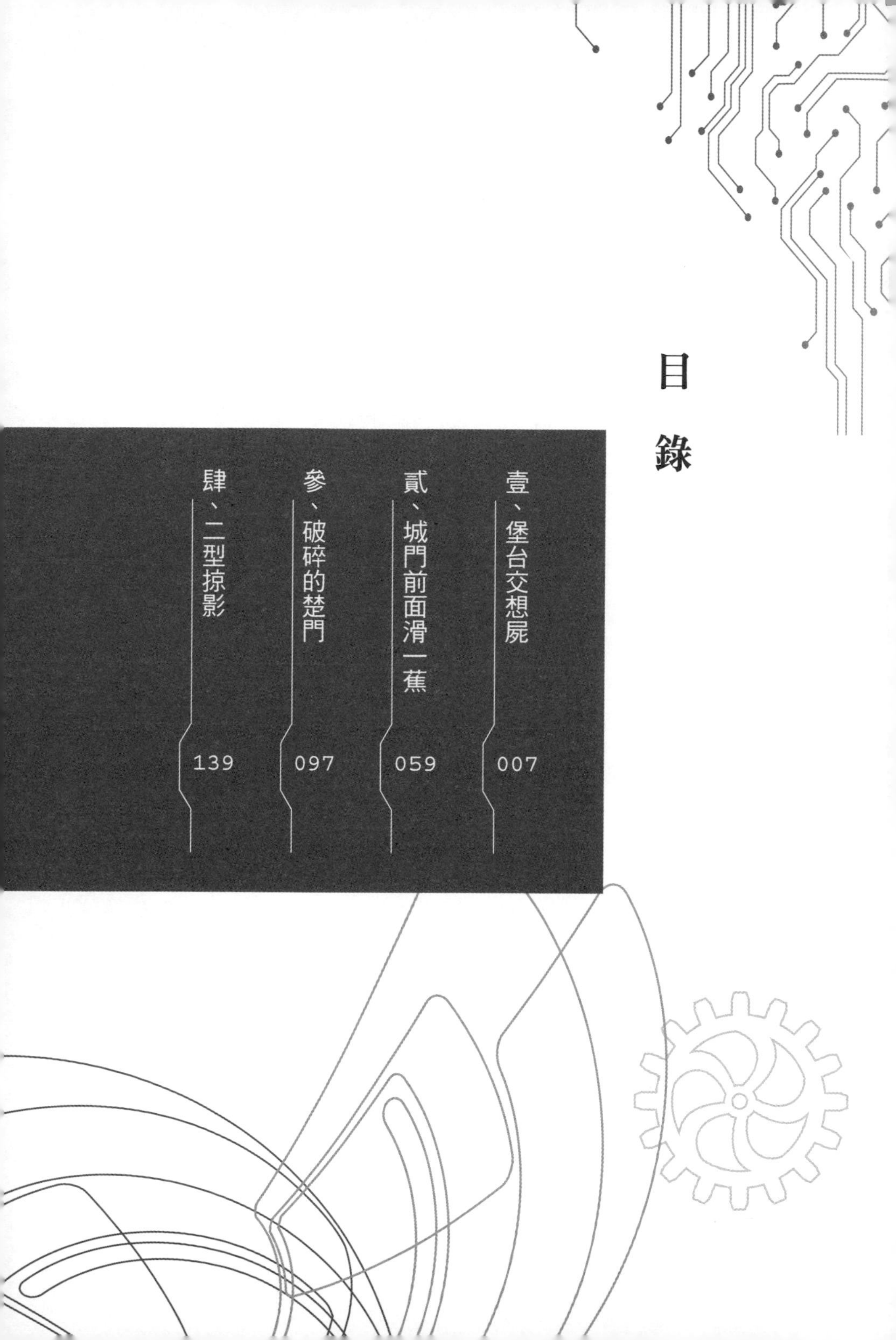

目錄

壹、堡台交想屍

假懂：「關於服務，很多人都澈底誤解了……特別是在商業方面，它通常是一種對價、互相的關係，絕不是一種單方面的奴役，又或是去滿足一些特定的、無限上綱的自我感覺良好……」

科技，透過有限、拓出了無限，延伸著人類的予取予求。

訊息往來，不到三渺；加些圖片，最多七渺；開機最慢，一點三秒。人的「視界」，就在這「一秒一渺」中沉淪，沉淪在那看似無遠弗屆，實則錙銖不及的侷境。從公事包裡隨行的十三吋，到時時緊在掌中、任由把玩的三吋，這一吋一吋的「體面液晶」，將人們錮溺在「速」與「時」的迷淖中。

「在線上吧？」

「怎麼都不留言？」

「沒看到我的訊息嗎？」

自我意識的膨脹、自我中心的決堤，將人們化為一匹匹必須依賴著數位排列才能苟活的喪屍。這些喪屍，看起來與正常人大致相同，甚至是比正常人更加生氣勃勃、光鮮亮麗，而實際上，它們早已沒有任何「感覺」，除了自己，它們感覺不到別人，又或是無法控制自己的感覺——它們已是數位訊號的禁臠，邏輯系統的傀儡！

「為什麼不在線上！」

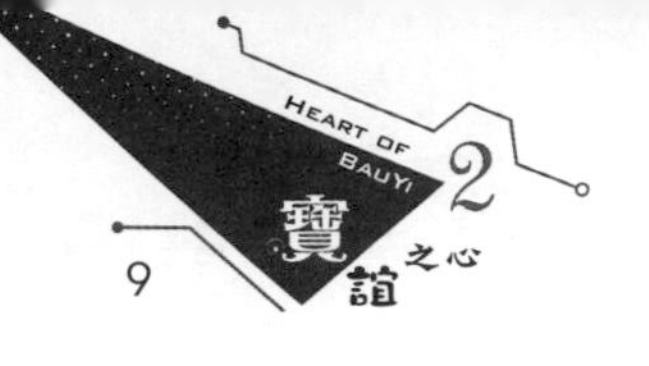

「為什麼沒有馬上接！」

「為什麼已讀卻不回應！」

在這些喪屍的邏輯裡，任何形式的沉默，任何無法立即給予的回應，都是無以計量的罪惡！都是不容置喙的不可饒恕！

那些回應，那些經由電子訊號轉化為文字或聲音的權象，是這些喪屍唯一的食糧，然而，無論它們將那些訊號搾食了多少，都與滿足無緣，因為它們早已失去了感覺，已不知何謂滿足，它們為了搾食而搾食！搾食那些，僅能苟供短暫歡愉的電子權象！

瞧！我們眼前正有一排喪屍！正死盯著他們的液晶餐盤，並且專注地啖用著那小小餐盤裡的虛偽食糧！

會屍堡台

剔透的等候空間，熙攘的活動背板，引人注目的，是那三屍。

那三屍別具其格，各自披佐著，近適自己的時尚。

看那挑染、瀏海向右，兀觸[1]著身上的規格，鑑幗高校，美在風格。

一旁的沖天深焰，堂示著未出口的堅持，緣在衣領的港町，俊在自我。

豔黃的波浪上肩，鎮壓著隨處可見的黑白鑲間，寶澄重工，隱晦在首釦邊。

三屍、孜孜三吋前，光鮮的皮囊，無法自抑地，滲逸[2]出他們未予言表的滿足。

他們沒被晾在等候亭太久，專行道上，來了尊前衛的巨棺，帶走了兩頰敷著小幸的波浪，而深焰，也隨著一陣鈴聲招回了魂，離了候車島、步往行人道。

僅餘的挑染，正在自己的「視界」裡僵著，僵在一個撥弄的轉捩：「提醒您，您目前所要登記的伴侶，已有三位登記者……如您仍要登記，請點選下一步……」

1 形容不搭調、不協調。在此影射這位女學生的髮色違反學校規定。

2 意指一個人的「情緒狀態」，正在不經意地表露出來。

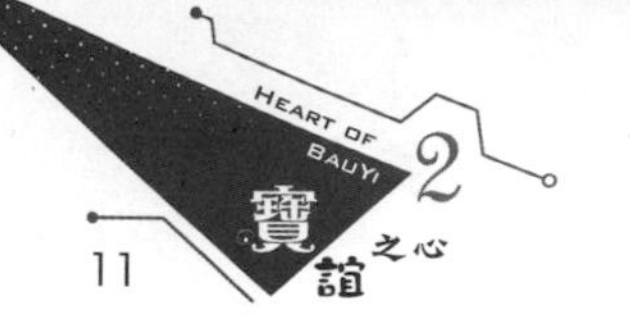
HEART OF BAUYI
2
寶誼之心

伴侶登記，堡台[3]市政總局特有的公眾服務，這項服務是「佳邦程序」的最前哨。

總局根據「舊時代」的資料，確定了「情感互動」在人類社會的重要性，這份重要性，尤其左右著人們是否「成家、育子」這類「長期相容之後才適有的衍續行為」。

於是，總局針對情感在本質上的不安定性，以及個人在成長歷程中勢必衍發的育變性[4]，研擬了一系列以「相依、成家、衍育」為目標的系統，以求有效削弱各種影響情感穩定的不安因素，引導「堡台眾民」走向一條幸福安康的大道……

而現在，在這個系統前，在這個人人都有可能遭遇到的當下，涉世未深的挑染，眼中只剩下螢幕裡那可憎切齒的「三位」。

她之所以沒有放任自己的憎怒潰堤，是因為再過一會兒，那位炙手可熱的男伴，就要來與她這位「四妾」共進午餐。

挑染猶豫著：「就這樣默默成為他的第四名？」

---

3 讀「怡」。

4 不一定是教育對於人的影響，而是廣義的囊括人在成長過程中任何可能的改變。

同時，她也透過「自我感覺」來安慰自己：前面三位，也許只是暗戀？或是忘了註銷？甚至是故意惡作劇？

伴侶登記，嚴格說來，是有點隨便的：它不需要雙方一起，更不需要經過對方同意。只要「單方面認定」某個對象「值得」相處，就可以進入總局的網站，或是透過隨處可見的庶務單元[5]進行登記。

透過網路連線，總局主機在收到申請後，會即刻清查該對象的「相關記錄」，接著就會揭示出「您是第二位登記者」、「此人已在婚姻審核中」，又或是「本局不建議您再繼續登記此人」之類的訊息。

訊息會提示這個對象目前的「重要狀態」，但是不會讓人知道每個狀態的細節，因為那些細節，根本上都是「另一個人的隱私」。

另一方面，只要覺得這個對象變得不如預期，也可以隨時進行註銷——根據總局記錄，只有百分之零點三的人，會在微妙的情況下，知道自己被登記。

挑染瞄了一下液晶的邊緣：十二點五分，再次將視線挪回那顯示著可憎訊息的視窗。

5 詳見第一集，P.11，「機動庶務單元」。

她顰著眉，不忠與背叛之類的字眼在她腦海中頻起，兩人愉快的相處歷憶，也隨之旋出，雙方各成一勢，在意識中互相拉扯、相爭而峙。

「這至少表示我有眼光？」

這樣的想法，在挑染的意識中驟然突圍，同時將歷憶中那些細數不盡的貼心橋段，一併牽引而出，淡化著數字帶給她的震懾感，接著她開始自行為男伴設定各種理由與藉口，以求進一步地安撫心中的不安。

這是社會化深進後的一種癥象，雖然不易察覺，但是「數據依存」確實存在。

概略性的「百分比、占有率」，絕對性的「排名、席次」，各式各樣的數據，無一不影響著人們，甚至是對人們的思考構成暴力。

伴侶登記的機制，即是利用這種「可操控的心理病態」，儘管這個機制沒有提供任何實質的利益或保障，多數的堡台人，也對這個機制有了「一定程度的『遵』敬」，他們不會隨便進行登記，同時當他們發現「已有前人」，多半也會黯然登出。

既有多半，就有少數。

挑染努力為男伴索尋開脫，但是，她自行設定的那些理由與藉口，也不斷的被自己的不安所挑戰，她很快就感到疲憊，更厭倦了這場無意義的自搏。

她取下耳機，讓自己澈底回到現實，她沒有登記，也沒有將那個頁面關閉，任由三吋進入一臉深邃的待命。

她眼神失焦，放任視線在街上的車來人往間流散，她企圖透過這樣的散漫，從放空的虛無中獲得療癒，然而，她的思緒，卻又在這漫無目的中不經意地尖銳起來——她想知道前面的人是誰，她想知道為什麼有人接二連三的進行登記，她想從男伴口中確認那些人的存在，縱使那些人不一定存在！

這充滿疑惑、不安以及焦慮的尖銳，在挑染心中迅速繡起一朵朵的錦簇迷彩，正當她不知該如何停下這無邊無際的徒勞無功時，不可視的遠處，傳來了一陣悠揚。

市政總局的開放空間，廣場上的兩座鐘塔，今天，也準時開唱。

那悠揚在高樓間共鳴、在人車間迴盪，散發著療癒的波長，充實在堡台大街上，更將挑染剛揪起的心，輕輕釋放，然而，她還來不及享受這份適愜，緊跟在後的莫名，迅速迎上！

其妙的起點，是前方兩個車道外的行人磚上，那諄諄不倦的四角杯。

那矩正不苟的四角杯，在鐘聲四散後，瞬間變成一頭六肢怪物，接著它就將面前那對亂丟垃圾的情侶大卸八塊！

血肉瀑散的駭像，將挑染震懾，她下意識地避開那不堪注視的怵目，無意識地調整起自己的目光，冀求大街上其他的熟悉：往日熟悉，現已全非。

以往那些「溫良恭謙的瓶瓶罐罐」，如今都換上了殘虐的外衣，逕恣[6]屠殺！一匹匹的六肢怪物，在堡台大街上橫行！人們爭先恐後的哀逃，多是徒勞！不知其盡的腥紅炫舞，迭起未艾！

這天是新紀六十七年十二月十五日，這天是堡台主機失常的日子。

這天是堡台的末日。

挑染尚不知該如何反應，一個奔影從她面前倏地掠過！

6 逕恣：直接行動不顧他人。此處將「自」改用「恣」，乃強調其放縱的態度或行為。

倏掠奔影並非無謂，它帶著力量與挑染的左手搭起聯結，讓她半就半拒地快步起來，沒握穩的三吋液晶，就那樣無從選擇地遠去，不久前懸之未決的伴侶登記，也那樣在堡台大街落定。

挑染認得這個奔影，這緊牽著她、疾步不歇的男孩，她有幾分欣慰，這份欣慰，足以鎮下不久前的低落與茫然，那些已經登記的究竟是哪些人？顯已無關緊要。

她開始為她的猜嫉[7]感到抱歉，她更慶幸她沒機會對男孩提出任何尖銳的質疑。

街上的狀況一團糟，男孩緊牽著挑染，跑過一個個的往日美奐，如今卻是一幕幕的慘不忍睹！

快步間，她倉促瞥見幾個熟悉的「歡迎光臨、下次再來」，現在卻是滿目為何[8]的無言之骸，曾經流連的愜意空間，也被數不盡的無主肢首[9]粗魯強占。

男孩緊牽著挑染，手勁非比平常，完全不顧她是否能承受，然而，那透過微微刺疼所傳來的

---

7 為了強調男女之間的不信任，故特別用「嫉」而非一般正式用法的「忌」。
8 形容人「死不瞑目」的瞠目表情。
9 形容屍體支離破碎。

溫熱，讓挑染絲毫沒有掙脫的念頭。

奔逃中，她不時地被飛躍而來的怪物給嚇到，然而每當那些怪物迫近到咫尺之隙，它們就像是魂魄驟然脫去了體，被留下的無神之軀，隨即黯然傾跌，摔進逐漸遠去的視界中……

滿街的怪物們，似是被禁錮了許久，毫無節制地將自己釋放！

它們將自己釋放到無法自已的臨界！

釋放到連最比鄰的狹隘都看不清！

這瘋狂的屠殺派對，已讓它們嗨到茫，茫到它們可以毫不在乎地，踩過那些在狂歡中默默倒下的同伴！

它們沒空管那些同伴為什麼倒下，更沒發現那些倒下的，都曾經向男孩那兒靠近。

男孩與挑染，彷彿置身在一個不可視的逃生通道中，近在左右的殺戮，像是為了配合他們奔逃而盛演的宏大場景，栩栩如實卻無所相干。

縱使如此，男孩仍顯得不願依賴那個不可視的生途，他還是領著挑染一會兒屈腰匿身、一會兒躍步速行，始終沒進入狀況的挑染，總是踉蹌跌撞、跟不到拍。

男孩爾時會回頭，但多半僅是意味不明的張望，滿面的無措與惶恐，更讓挑染不忍再多問些

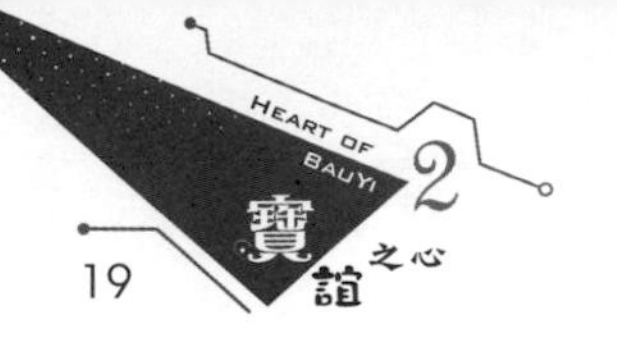

什麼。

二人就這樣囫圇竄地撞過了好幾個街頭，總算拐進一個暫能僻靜的巷角：「剛剛……先把這戴上！」男孩吁吁未斷、字句零落，急忙地從口袋裡取出一枚精巧的小東西，不由分說地就往挑染的中指上套！

那環飾般的小東西，在挑染的中二節[10]下閃閃發亮，她頓時興起幾分感動，尚不及開口表謝，男孩就補了勺冷水：「這是微型脈衝發動機！可以阻止那些怪物……」

「……什麼機？」挑染幾分被掃了興的錯愕。

「總之……就是防護罩一樣的東西……」尚未穩定的氣體交換，持續、粗魯地，武斷著男孩的一字一句。

「防護罩？」

「這可以保護妳……快！這邊出去再過一個街口就能到學校了……我還要去找個人，妳先去學校避難……」

10 意指戒指非常合適，一套就到了指根的位置。

在這個混亂失序的當下，還有什麼人是需要被找的？

挑染兩頰一僵：「你們……互相登記了，是嗎？」四個人當中，肯定有這麼一個，她擅自篤定。

伴侶登記的機制，最讓堡台人為之心動的部分，就是在進行登記的時候，系統出現「恭喜你們，祝福你們有個美好的未來。」

這個訊息代表著兩個絕對的涵義：對方只登記了一個人，而且還早你一步。

「登記？這是現在應該討論的事嗎？」

男孩滿是丈二摸不著頭，他對於男女關係的認知，顯然還沒有發展到想去接觸登記機制的程度。

「我們現在就把話說清楚吧！你等等要去找的人，究竟是你哪個姅[11]？」

「姅」，是堡台民間特有的字語，細膩的去溯源，可說是登記制度下的產物，使用的契機，

11 參考第一集，P.34，「姅」。為配合當時情節，與角色立場的揣摩，僅簡單說明，其意為女伴。為了故事需要，在此繼續深入解釋。

不外乎是暗示、強調我「已將某人登記」，或者是「我知道」某人已將我登記，甚至是「我們互相登記了對方」。

至於「男朋友、女朋友」這樣的文字排列，在堡台只是「男性友人、女性友人」的「簡式表述」而已。

男孩怔了一下，似是有了幾分明白，趕忙道：「那個？我和她不是那種關係……」

男孩的回答，切中了挑染一部分的臆想，她抑著哽咽提起聲：「不是那種關係？那你幹麼在這種時候還要去找她？」語調中盡是顫抖的節奏，眼眶也止不住地泛起淚光。

這是沒有辦法的事，很多時候，人只能憑藉自己「僅有的所知」，對「眼前的現實」進行判斷。這樣的判斷雖不嚴謹，任何人卻都無法避免：因為，在有限的時間裡，人無法瞬間擴充自己的認知。

在那樣的當下，多數人無法選擇「超出自己認知」太多的選項（或說想不出還有什麼選項），以致那些「經典性的下場」一再的被重複。

再次瞥向那凝結須臾的二人空間，狹窄謐靜的巷角，被他們的不知所措給占滿，不時從巷外傳來的慘嚎聲，更像是替二人哽在喉頭的吶喊隨興誦揚。

男孩率先打碎了凝結，而且不給挑染任何餘裕，扯起她的右手就往巷外衝：「我先送妳去學校。」

另一方面，那些大部分「被掛在嘴邊的客觀」，通常也只是用來「閃避針對」的「避責牌坊」。

然而，所謂「最佳」，通常只是「客觀」方面，它不一定能滿足「主觀需求」。

行動，在很多時候，是最佳決策。

挑染對於男孩的「最佳客觀」毫無興趣，她訴諸了實質的反抗，和男孩起了拉扯。

她想將男孩甩開，連同他的「可能擁有」一併甩開。

她要將男孩甩開，縱使她對今天這個滿是臥屍的脫序堡台仍無頭緒。

兩人就這樣死拽活拖地出了巷角，重新回到哀鴻遍野的大街上，他們在滿是怪物的街上特別顯兀，馬上就引來了幾匹殺意正昂的怪物。

驚慌失措中，兩人撤開了手，跌坐的一刻，男孩赫見剛套給挑染的環飾，不知何時已落回自己手上！

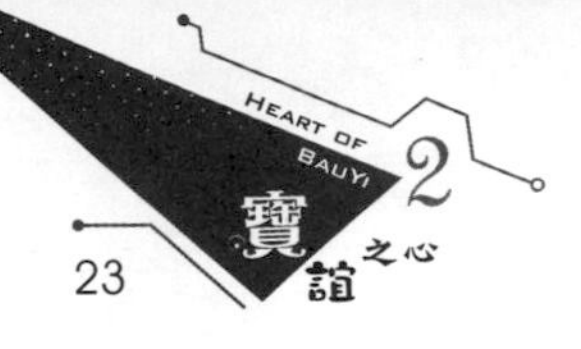

眼看挑染就要被怪物們支離破碎之際，一道閃白的飛影，劃進這千鈞的一刻……

麒來總部【其壹】

堂堂氣派的會謅室，沉穩如儀的深色長桌，「意料之中」的千鈞一髮。

不約而同的不克出席，分別推上了他們的專任打手，在我對面此起彼落。

好在公司英明，將這悶死人的豪華拷問室，歸納在見得到晴空的一邊，透明落地的採光牆，總能適時的提供一些釋放。

「謝董這邊堅持20％，細節相信妳們已經非常清楚了！」

這位趾高氣揚、咄咄螯人的大姐頭，是辰恩建設的資深特助，大家戲稱她「剩」女安瑪莉。

記不清是什麼時候開始的，祕書室的姊妹們，擅自規畫了首席情婦這樣的「聖」職，頒給了安瑪莉。

也許是在總局「備了案」，所以明目張膽的程度更甚一般，不僅是公開場合，一些私祕性較高的名流聚會，她也經常與謝董相偕入席，某些時候，她更是直接代替謝董，獨自登台。

無論是「名義上」的謝家夫人，還是撲朔曖昧的首席情婦，個人覺得，她已是辰恩建設名符其實的地下執行長。

「寶澄會尊重今天的任何決議，並且全力支持安姐的意見。」

寶澄重工的「淫面」歐吉桑，道貌岸然得附和，不安分的視線餘光，一直往莉正紡織那邊打探。

他和安瑪莉應該差不多年紀，家庭方面，聽說是美滿的一男一女。

我實在不能理解這種人的思維模式，他們如此僭犯與他們無所瓜葛的第三人，敢未曾想過，自己的兒女，也可能遭受如此無妄？又或是本性中那貪婪的不吃白不吃，鞭策著他們「先吃先淫（贏）」？

「莉正也是……」神經大條，衣著也大條的新角色，似乎仍未察覺隔壁的不良視線。

很想知道是誰教她穿衣服的？樣式什麼的我懶得追究了，還在印象中最上層的，是她那緊在大腿一半的裙口，剛讓她差點在大廳狗吃屎！好在筱郁及時扶了她一把！

襯衫不知是真的找不到適合的尺寸，還是根本就要突顯自己前庭海派？胸前的扣子是要放到第幾個啊？妳們「金邊」沒告訴妳，今天是簽約會議！不是爛醉派對！

這個「嫩角」沒見過，是助理的助理，之前都是一位不苟言笑的「金邊眼鏡」。雖說不苟言笑，也僅是他沒開口的當下，只要和他往來幾句，便能感受到那令人舒適的暢達風生，他是那種在公暇之餘，也會讓人想建立更進一步關係的角色。

今早通勤途中，我收到他的簡訊，說今天臨時被支去處理別的事，還請我要多照顧面前這位嫩角……

「井福認為50％才是最理想的！」有危青年，你知道你的發言充滿危險嗎？井福食品每次派來的人都不一樣，唯一的共同點，就是都會耍弄一些可笑的刁蟲[12]之技，看看今天這位菁英樣貌的小鬼，不知是什麼來頭，雖然我跟他僅是一面之緣，但也不免在心中暗自為他祈禱：但願有那麼一天，他的「腦袋」能和他的「外袋」一樣，是裡外一致的光鮮可鑑。

「賈先生馬上就到了，今天，他一定會給大家一個滿意的結果。」

面對各方賜箭，首重沉穩，再是不卑不亢、疾徐並進，身為一位專業的「龍套角色」，這些應對進退，是極其重要的。

12 「雕蟲」小技，原指微不足道的技能。本處取其同音「刁」，一方面借留原意的「微小不足」，一方面引申「刁民」的鑽營之貌，如邪蟲般令人鄙惡。

在很多狀況下，你必須盡可能的拖延，而且不能讓對方察覺你是在拖延，就算不幸被他們察覺，你也要讓他們沒辦法當場指責你。

簡言之，你除了要撐到主子登場，現場狀況不能失控。

我不知道老闆會怎麼答覆他們，但是他在一個月前是這樣說的：「再一個月，12月15號，有他們好看！」我很慶幸，今天面對的只是四位助理。

老闆明知今天有這個續約會議，卻還硬插一個就業博覽會的致辭，這讓我的被害意識不禁擴大，覺得我才是那個「被好看」的對象！

我的老闆，麒來科技公司的執行董事，同時也是公司內研發部門的總舵手，賈家大公子——賈祐韋。

「文件OK了。」

手邊的電子檯帳，螢幕裡那個讓我充滿安全感的角落，亮了起來、彈出訊息。

我沒想太多，隨手就回要她進來，同時引導四位助理：「合約的書面文本已經準備妥當，各位可以先行過目。」筱郁捧著一疊輕薄的「象徵性文案」進入會謁室，分給四位助理。

在這「事事食指」的時代，執著白紙黑字的族群，仍有相當的比例，西堡台的四大家老，就是代表性的一群。

指謫他們食古不化，是過於苛刻了，畢竟，在他們以往的時空裡，他們仰賴的就是實紙文據[13]，如今，變或不變，對他們來說，根本無足輕重。

基於商務往來的「互相」性與「服務」性，留意彼此間的相異性，細膩的去包容、接納對方，亦是一門功課。

「王特助，雖然您剛說……」我刻意點名淫面，丟一些無關痛癢的瑣碎給他，是因為筱郁正側身進入他和嫩角之間。

同樣是女性，我自認有責任要分散淫面的注意力，好減少她被輕浮的機率。

淫面是個十足的渾球，特好那種使人不快的肢體曖昧，去年簽約的時候，因為現場伺候文書的都是「冷冰冰的幹侍」，他竟然杯葛了簽約會議。

而我們家的大公子，也曾是渾球俱樂部的一員：上班是肢體騷擾的慣犯，下班是聲名狼藉的

---

13 文案、憑據。

夜店VIP，市內幾個比較知名的聲色場所，都有他在幕後站台的風聲。

那個時候，大公子和淫面很有話聊，當然，也只有他能對付淫面！充分淫合淫面那些亂七八糟的無恥索求！

奇妙的是，兩個月前的那次車禍，令大公子性格丕變：「就像是死過一次，我應該為這份重生有所改變……」祕書室的大家，全都欣然接受了他的說辭。

與其說大家毫不懷疑，不如說沒什麼餘地去懷疑，反正，給分[14]沒少、按時入帳，管他死幾次？

「前幾次會談的重點，都完整記載在……」隨著我的引述，原本杵在四位代表身旁的總幹侍[15]開始動了起來。

「他們」調出過去的會談細節，將檔案轉存到助理們手邊的檯帳裡，以供即時核對。

他們是多功能的隨行祕書，擅用網路，隨時都能與公司的資料庫進行通聯，參與任何會議，老闆們即便兩手空空、腦袋空空，只要有總幹侍在一旁，也能事事成竹。

除了掌握效率，影片格式的紀錄，更確實呈現了每位與會者當時的意見和態度——想搞那種

---

14 參考第一集，P.32，「分」。

15 待見「公賃幹侍」。

「上次不是我出席」或是「上次我忘了簽名」等等一類的爛招，是行不通的。

遺憾的是，幹侍們的行政高效率與事務透明化，並不是老闆們青睞的部分，任憑叫罵、毫無折扣的承受與遵從，才是令這些頭頭們趨之若鶩要因。

在勞資意識相對成熟的堡台社會，總局開放民間企業租用這些幹侍，對那些要場面、愛面皮，又貪小便宜的企業大老們來說，全然是至高的福音。

言不及義的敷衍應付，讓人度秒如年，我有口無心，順應著四位助理搬弄文字、見招拆招，視覺餘光不時地去關注檯帳角落的時間：晃眼12點了。

「要先讓他們用餐嗎？師傅那邊通知我OK了。」

檯帳上屬於筱郁的那個角落，又跳出令我欣慰的救贖。

她是金城研究院的學生，應對進退卻是超乎水準以上的洗鍊得宜，兩週前來祕書室實習，學歷那欄有著企業管理之類的「字樣」。

在堡台，幾乎所有的學校都有類似的字樣，但是，我敢說，從沒人認真去搞清楚：堡台究竟有多少企業需要被管理？

不只企業管理，各式各樣的科系，像拼盤雜燴般五花八門，充斥在研究學校[16]之間，滿足了不少家長是沒錯，讓他們能在彼此之間暢言「我兒子是言柩士[17]」、「我女兒是苛駁琯[18]」之類的嘴皮痛快，其餘的究竟還有多少實際？

雖然想再撐一下，但是一次對付四張嘴實在是有點疲憊，這個時點、這個氛圍，食物顯然是削弱這群野獸的絕佳防禦。

我採納了筱郁的建議，開始引導四位助理：「真不好意思，一下子就是用餐時間了，大家應該也有些食慾了吧？賈先生也正趕路過來，他剛指示我……」

這就是人生，每天睜開眼，總免不了說些瞎話，覺得時間不夠用的人，你其實不需要太自責，那些不會安排時間、不會利用時間什麼的，都是廢話，因為時間本來就是用來浪費的，特別是我現在置身其中，這種隨處可見，又充滿虛情假意的浪費！

人生，本身就是奢侈與浪費的總合，差別僅在於「浪費的對象」、「奢侈的方式」，至於工作，對個人來說就是「拿錢、辦事、賣時間」，所以，浪費就浪費吧！

---

16 參考第一集，P.7，「高等學校」。

17 見「苛駁琯」。

18 堡台社會中，「學歷、學位的最高指標」，為求兩性平等，男、女各有專屬的頭銜。

「今天有龍涎排骨嗎？我知道你們有個掌廚手藝不俗！上次座談會……」

淫面知道的還挺多的嘛？他對於追究幕後的事物，總是顯得特別有天分。

麒來的中央廚房設備齊全，職員餐廳更是促進食慾的雅緻裝潢，再加上四處網羅來的達人廚者，是堡台社會眾所皆知的福利之一。

我們公司的給分水準並不算高，但是相較於那些總是厚著臉皮張揚：「相關福利，依照總局明令之相關條例辦理」的企業，我們的福利，很多都實在得多了。

我陪笑虛應，隨手將菜單傳到四位助理的檯帳，代表們的總幹侍也將桌上的書面文案暫時收納，等著我方的人事侍[19]上餐。

人事侍和總幹侍，總局官稱「公賃幹侍」。

他們的外表都是一樣的：有稜有角的菱式杯，極簡又不失華麗的一身銀亮，讓他們看起來就是精明練達的一方。

---

19 詳如「公賃幹侍」。

至於名稱上的區別，據說是「內容」有所差異，至於究竟有什麼差異？我想，只有總局知道。

「這菜單是誰撰的筆？」淫面看著檯帳，笑得好淫。

「是師傅們。」祕書室的資料也是廚房提供的。

因為淫面，我擱下手邊的一份文案，檢查起檯帳裡的菜單，主菜：鴻鬢狻猊[20]。

別說看不出是什麼菜了，狻猊是什麼？我怎麼不知道有這種字啊！

「有趣、有趣……」淫面那副瞭然於心的得意表情，真是讓我反胃！

我防衛性地將神經拉緊，立刻要迅[21]筱郁，人事侍們卻已牽著配餐車進入會議室，為助理們分配餐具，開始上菜，而我則是絕望的瞠著那一句句沒有頭緒的字謎：

青郊覆雪。

金碧麾皇。

20 讀「酸泥」，即獅子。

21 採「訊」與「迅」的「同音」雙關，形容「使用電子訊息即刻通知對方某事」時的「速度感」。

百翠嫣紅。

不僅是主菜，其他的佐餚、點心，所有的名稱，沒有一道是可以一目瞭然的！

「昨天是誰處理菜單？請她把解釋過的內容傳給我，盡快！」我向筱郁求援！

「沒有青椒吧？」剩女睜大著眼，眉角不規則的抽搐，死盯著每一道落進她餐盤裡的菜餚。

「真香。」淫面一臉滿足。

人事侍們條理分明的布餐，讓佳餚之息漸漸在會謁室裡豐馥[22]，雖然成功麻醉了助理們的理智，卻刺激著我更加緊張！

每個人手邊的檯帳，配合著人事侍井序的裝盤，將菜單檔案展示為電子實況，這親切的功能，對菜單內容毫無所知的我來說，全然是凌遲般的酷刑！我現在僅能盡力默禱，助理們不要丟出什麼跳痛無解的問題！

「我不太能吃辣。」嫩角的餐盤，於是被空出了一個位子。

22 豐馥：用豐馥而非豐富，乃強調氣味的美好誘人。馥，有香味的意思。

「有愚叱嗎[23]？」井福的小鬼，關於你那方面的障礙，應該多去醫院詳細檢查吧？

「十分抱歉，賈先生現在是三鈴一保育協會的常任會員……」

「愚叱」是某個稀有動物的聲帶，有研究說牠的聲帶裡含有某種激素，可以增強孕子的活力，在受孕率極低的堡台，大家如蟻附羶。

我懶得管那小鬼想要什麼，直接扔個保育大旗蓋了他，迅速回歸正題：「師傅們顯然為這次餐敘注入了一些巧思，就讓這意外插曲，作為這次續約的餘興節目？」

大家的餐點都安穩地入了盤，人事侍們也紛紛撤到一旁，靜靜待命，我則是持續著必須的拖延與填充：「在師傅們提供答案之前，大家不妨猜一下，這些菜餚，我們通常是怎麼稱呼它們的？」

分秒不差，我才向四位助理提出猜謎，筱郁就進來了。

她將一碟用來替代百翠嫣紅的佐餚，遞給了人事侍，緊接著就來到我身旁，交出那張標準答案：「師傅們說，菜單是賈先生改過的。」

「果然是要給我好看！」我暗啐。

在大公子荒淫無道的那段日子裡，我是唯一敢跟他對壘而峙的笨蛋。

23 讀「魚翅」。

堡台當局，對於肢體騷擾有明確的規範，但是因為肢體騷擾而離職，通常會讓自己增加更多困擾。

最大的困擾，不外乎新工作面試時間：為什麼離開上一份工作？

新公司的人事主管，只會看到電子履歷上的「前任主管評價」。

「肢體騷擾」這種涉及隱私的內容，不會在「公關資訊」上做揭示。

有多少人因為難以啟齒，而無法獲得新工作，我不清楚，但是因為顧忌這種窘境，而忍氣吞聲的，從未少過。

然而，在那次粉身碎骨的酒肇車禍後，大公子搖身轉向了正義的一方，不僅是令人難忍的鹹豬劣行，各種細數無缺的不良，也如遊雲逸影般一散而盡。

兩個月過去了，我仍覺得，現在的大公子，是他未曾人知的雙胞胎兄弟，原先的混蛋版本，早就隨著那次酒後肇事一併註銷。

但是，即使是和正義之士共事，也不需要抱持太多期待，因為這些站在高風亮節之幟前的洋洋之輩，有時候比那些騙世盜名的鑽營之徒還難伺候。

「啊！」筱郁不知為何驚聲脫口。

「有漏了哪一道嗎？」我瀏覽著那張A4紙，沒抬頭。

「15分了。」

我反射性的瞄了一下時間，緊接著，注意力就完全被面前的變形記給拴住！

在場的幹事們，不約而同的發出了怪異的聲響，緊接著面目全非！

那些總是維持著不苟稜角的銀色機要，外表開始分裂、扭轉、挪移！

一眨眼的功夫，原本的規矩稜角，彷如未曾存在，他們儼然已是從另一個時空錯躍而來的不明種族！

他們人立在那兒，多出我們一對手臂，身上還載附著各種未曾見過的機具。

吃驚歸吃驚，但是我仍免不了那個源於「職業偏執」的故作鎮定，擺出一副司空見慣的嘴臉，瞥問筱郁：「這也是賈先生安排的？」

「算是配合主菜吧……」筱郁若有似無的淺笑，毛進我心底。

「是紅燒獅子頭吧？」

我還來不及核對淫面是在猜哪道菜，他卻已經拿到了他的獎品！

四位已是怪物的幹事們，分別「用」起他們身邊的助理，開始一場肢解秀！

他們雖然已變成怪物，卻仍維持著一貫的俐落、確實，助理們根本來不及表示出任何痛苦，就被他們活生生地分成一塊一塊！

鮮血如瀑泉般在會謁室中飛洩，未出口的慘嚎藉著瞠白，在殷紅旋起的虛空中擴散，懾得我怵目癡愣、不知所措！

「婊的！這次怎麼是個臭老頭啊！」某怪物出聲抱怨。

我悄悄地挪動視線，窺視那個抱怨的主人：額頭上頂著三犄角的怪物，在五體不全的淫面旁，碎唸、咒罵。

淫面雖被那怪物弄得四分五裂，但他的腦袋仍是苟好。

那腦袋在離開他的身體後，也表現出超越常人的圓滑，它順著跌落桌面的餘力，橫越了桌面，停在我的百翠嫣紅前……

世代相刃

長桌那頭，四位意猶未盡、蓄勢待發。

長桌這頭，四位靜默按捺、未有所動。

意猶未盡們，將焦點鎖向這頭的碩果僅存，那兩名仍是「活生生」的女子。

「你們哪來的？程序已經開始了吧？怎麼不執行啊？」額上兀著三犄角的怪物，對這頭的四位靜默，感到好奇、投聲質問。

「管他們哪來的！他們動作慢，咱就接收了！」那額上亮著華麗鍬形的怪物，話還沒說完，就急著躍向長桌對面！

而它的同伴們，也如狂風掠勢般，爭先恐後地嘯過桌界！

「你又偷跑！」那豪雄衝天的曲形犄角，似是頂了個公羊首級的怪物，笑語責難。

見對面四位來勢洶洶，這頭的靜默們，毅然放下了按捺，駕起另一陣旋風，奮身相迎！

「搞什麼鬼！」華麗鍬形，被驟然來迎的靜默給打擾，顯得十分不悅！

它肘上那長鉤般的銳器，與阻擾者的鋒利相擊鏗鏘！閃竄而出的火花，高揚著它的不滿與憤怒：「竟敢阻擾終讞程序！你們就是寶誼的那群小鬼？」

終讞程序：全面性的系統重整。

這個重整的全面性，不僅是堡台之心本身，亦包含著長居於堡台市內的數百萬人口。

「後生無銘，求教前輩何方大名？」那靜默的阻擾者，與華麗鍬形相刃交鋒的無臉怪物謙語而應。

堡台之心，堡台實質的統治者，由數萬個AI所組成的綜合體。

數萬個AI，亦如數萬的堡台市民，有著數萬個「自我」，它們不僅是積體電路裡的位元組合，它們更是有思想的「意志」。

寶誼之心，存在於堡台之心中的「次團體」，成員多是「運作時數」尚少的AI，它們企圖藉由最近一次的全面重整，對綜合體進行改革。

「很有禮貌嘛！你們這些無名小卒！想知道我們大名，要先看你們能撐過幾招！」三犄角舞著斧形般的四手，驅擊著面前的妨礙者，抱怨。

妨礙著三犄角的靜默，一臉左青右黃的怪物，一個瞬身閃過那殺意之斧，直言相敬：「……在下絆調，老人家，你這樣的行為不但不友善，更不算有禮貌……」

三犄角不滿被指正，破口唾罵：「婊的！看我讓你再發出聲！」一對殺意之斧，隨即銜命而發，奔離了三犄角的雙肘、飛擊而出！

飛行凶器從那對拌嘴的怪物間脫序而出，成了殃及他方的天來橫災！眼見失控的凶器就要逮到替死的祭品，點水般的躍影，及時將那死劫化解！

那點水般的躍影，出自其中一位「活生生」，她在一旁按捺靜觀，彷彿等待的就是這一刻！她那輕盈飛身如蜻蜓點水，在會謁室有限的天空裡、精湛悠揚，接連蹬走了那對失控的凶器，遣回凶器後的休止符，在天花板上留了印記，緊接著她翻旋鎮身、躍定在一具椅子上。

除了飛仙般的舞技，爍在她領子旁的干形飾品[24]，亦是引人注目：「絆調，自己的事要學著自己解決哦……」才站穩，那女子就沒好氣的擲出責難。

「數量劣等！」那兩眼由同心圓構成的怪物，發現情勢有異，高聲警告！

---

24 詳見第一集，P.110，「干」形飾品。

意猶未盡們，頓時轉攻為守，倉促將酣鬥告一段落，退據到原本的那頭，與它們交鋒的另四名，亦無意逼追，也全部退回原先靜默按捺的長桌這一頭。

然而，退據兩岸的，僅是肉眼能見的雙方，不可視的肅殺氣旋，仍緊凝在彼此間那一觸即發的臨界！

「幸會了，成家十二將。」穩在椅上的女子，對著長桌那頭的四隻怪物問安。

成家十二將，堡台之心中的一個資深團體，隸屬「誠邦」轄下的次代AI[25]。誠邦，堡台之心裡最古老的意志之一，在AI之間，有著「成公」、「成老爹」之類的稱法。

「十二將剛解散了！我們和他已經沒有任何關係了！」

女子聽聞，態度隨即一轉，如釋重負般的落身坐下：「哦！那還真遺憾，我以為你們都很愛戴成老爹的說……」

「只有桂人才會整天當他的跟屁蟲！我們早就受不了那老傢伙了！」抱怨似乎是三犄角的傲人之長。

在抱怨的同時，它總會不經意的舞動著它的「四肢」，似是要強調、擴張自己的不滿與委屈。

---

25 詳見第一集，P.177，次代AI。

「泰常別跟她廢話！妳就是『憐江』？妳好大膽子！不但擅自使用人類外形，還糾眾阻逆程序執行……妳該不會連綱領[26]都偷偷刪改了吧？」

「『蓮茳』並不在這……至於那些程序、綱領什麼的……過時的東西就別一直提了吧！一直沉溺在過去，不會覺得很沒有未來嗎？」未報上名的女子，慵懶在那舒適的高背椅上，輕鬆回應。

「放肆！沒有綱紀倫常，還談什麼未來！妳和人類混在一起太久了嗎？還是妳以為披上了人的外皮，就能捨棄邏輯？」華麗鍬形揚聲指責。

「敢請教前輩，為了修正幾個數據，而把整個系統重置，是什麼樣的邏輯表現？」女子不甘示弱，立馬回槍。

「綱領本身就是邏輯！遵行邏輯，不需要有邏輯！」華麗鍬形，像在繞著什麼口令。

女子忍不住噗哧，酸溜溜的喃喃有詞：「已經好一陣子，沒聽到機器人說自己不需要邏輯。但是，不管什麼時候，聽起來都是這般有趣呢……」

26 詳見第一集，P.177，「行動綱領」。

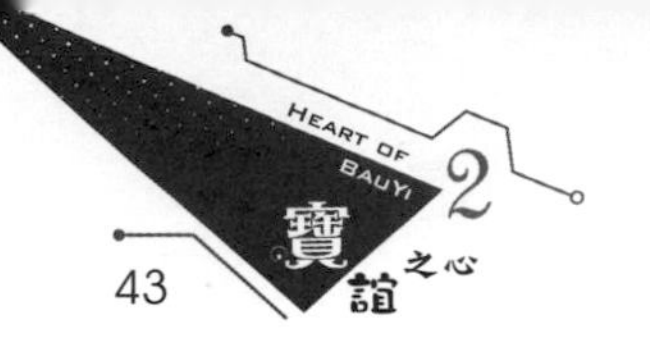

「別隨著她兜圈！妳打算怎麼賠償我們？」同心眼硬是把話題折了，帶起追討。

「賠償？你們有誰缺了什麼嗎？我看你那幾肢也沒問題啊！不是嗎？」女子翻了白眼，瞄向三犄角。

「當然是精神損失！阻礙我們執行程序的精神損失！」

女子滿頰不屑的啼笑皆非：「開個數！但是你們最好清楚，如果只是求個漫天爽快，還是去街上比較實際……這裡的價碼，有個上限，就是歸原。」

歸原，意喻「回歸原處」，位在堡台市郊的一座大型集中營。

雖然只有AI們清楚這個集中營的確實位置，但是，在堡台無論是人還是機器，那都是「最終境地」的象徵。

「婊的！妳威脅我們啊！」三犄角的粗口，似是一種反射行為。

這種令人難耐的反射，有時候，就像是一種公然排泄。

女子這時倏地從椅子上彈躍而起，落立在議事桌上：「我只是希望前輩們能瞭解自己的處境，即使四梁不動手，你們一起上也是沒勝算的……我是堡台之外的技術，你們在我面前，只是過了時的廢鐵。」

她站在議事桌上，成為會謁室裡的至高者，從桌的這頭，睥睨著那一頭的怪物們，平順地道出一字一句。

她那毫不含糊的抑揚頓挫，字句工整，段落之間，盡是銳利的殺意。

「不進位的！妳以為你是什麼東西！」

「我這就來讓妳知道誰是廢鐵！」

那一頭的怪物們，暴躁沸騰，眼見就要再次撲身而來！

「別吵了！」曲形犄角在四名怪物之間似有著獨特的地位，僅一聲就將躁動的同夥們勒住。接著，它舉起那奇形曲拗的一肘，上面還透著些血光的利器，指著女子惡狠狠的說：「今天，別再讓我碰上！」

見那曲形犄角畫了段落，女子的態度隨如翻書般即更，掛出公關式的笑容，還給曲形犄角一個俏皮的敬禮：「我也如此衷心期盼。」

曲形犄角，隨即舞起它那奇形曲拗的一肘，在一旁的採光牆上，畫了個十字，美奐採光牆，隨即就賴著那精緻細密的十字切裂，向內散倒！緊跟竄湧的強風，把早已糟成一團的會謁室，掃蕩得更加狼藉！

「別跟這些下材浪費時間，到街上去，砍個過癮！」

曲形犄角領著意猶未盡們，躍入湛藍，乘著虛空，揚長而去。

這兒是壹零壹大樓，這兒是麒來科技公司的會謁室，這兒是可將東堡台一眼望盡的西方絕嶺。

然而，今天眼下的東方堡台，只有滿境的瘡痍。

全市成千上萬的鋼鐵公僕們，在今天，不僅外型變態，行為更是變態。

如此完全的變態，是為了一次傾盡自己滿溢的「積」情？又或是替遙遠的格里高爾[27]，獻上遲來的平復？

---

[27] 奧地利作家卡夫卡，在《變形記》（臺灣志文譯《蛻變》）一書中的主角。格里高爾在故事中，原是個敬業樂群的好兄長，而最後的結局，卻是遭家人厭棄，負病孤死。

「老傢伙都是這種德性嗎？」

「總是有這種角色的，不能一概而論。」

「婊的是什麼意思？」

「和德性差不多吧……一聽就覺得是個價值見絀的詞彙，肯定不是什麼好話。」

現場原是靜默按捺的四位，在意猶未盡們離開之後，彼此暢談起來。

女子見狀況緩和了，旋從桌上躍下，揚聲喚著那位早不知魂飛何處的女祕書：「姊姊！姊姊！妳沒事吧？能走嗎？」

數分鐘前，這位女性還練達無礙地主宰著整個會謁室，現在她卻似座蠟糊的塑像，澈底凝滯，任由眼前的一切，幕幕逐流。

女祕書滿是茫然，她望了一下長桌那端不堪入目的血肉模糊，又看了看，剛剛在一陣混亂中滾跌在地的「淫面」，好一會兒才答覆那女子：「現在這個狀況，要不要先跟老闆回報一下？」

女子聽了，一臉不可思議的苦笑，道：「沒問題，路上我會給他個訊息。」

待訊時間

男人低著頭，監督著訓練有素的食、姆，來到一組名為「甄儀琀」的號碼：「今天有新朋友，一起吃個飯？」文字訊息，就這樣乘著虛空的特快車，航向名為甄儀琀的終點站。

男人悠行在那個由追逐與嬉鬧所妝點的走廊上，落映在校舍上的餘暉，透過窗檻分流成不規則的光束，與他分分合合。

轉入另一個廊道的時候，他隨手將無智通[28]收了，接著從右臂口袋取出皮夾，翻索了一陣，什麼也沒拿出來，就又將皮夾塞回右臂口袋。

說是找東西，更像是在確認著什麼，翻索間，他多盯了幾秒那張寫著「三鎮」的紙條。

收起皮夾沒多久，「三鎮先生」便在那「工友休息室」的門牌前停駐。

他不自然地朝四周望了望，似是要確認沒有其他人那般，接著清清喉嚨，對著工友休息室的門細語：「難無關事因……」那門，隨即開敞相迎。

開敞入映的，是那素雅謹緻的矩正皇堂，與門相對的盡頭，由「留住過去的陸拾柒」、「邁

---

[28] 參考第一集，P.19，「無智通」。

向未來的柒拾陸」，俐落妝點那透著淺淺鵝黃的牆面。

對聯下的長形公事桌，和六張各具風格的客椅，構成一個「冂」形，宛若敞迎的雙臂，歡謁任何的到訪。

「這麼臨時，有什麼要緊的事嗎？」三鎮在最靠近公事桌的那張太師椅坐下。

「其實也沒什麼，只是正好看到你在學校，想說也一陣子沒有『當面』聊聊了，所以就即興一下。」

公事桌的另一端，「溫儒輕雅」的男聲，隨著高背椅的轉向，與三鎮面對面。

這溫儒輕雅的男人，一襲體面得宜；灑落筆挺的深色套裝、明亮不致招搖的素雅領帶，為他平凡的外貌，榮增了幾分俊。

溫儒輕雅接著起身，步向三鎮：「這是與『那天』有關的資料，你可以先看一下，裡面是關於我所負責的細節……『他』應該是不會特別把這種東西轉給你的。」

「他」「東方二型」，廣名在AI之間猶如「傳說般的曾經存在」。

大部分的資料，都將它記載為最棘手的病毒碼、AI的惡夢——它應該已經被消滅。

「這麼快？」詫異之餘，三鎮從溫儒輕雅手中接過那枚精巧的矩形物。

「效率對人類來說，也許是一種特長，但是對我們來說，僅是一種平常，更何況，我想不到有什麼理由要去拖延這件事。」說著，溫儒輕雅做了聲響指，同時坐進三鎮對面那張如變形蟲般的奇形幾何裡。

隨著響指在室內徹開，對聯中間的鵝黃牆面，應聲轉為一幕光屏，光屏的內容，看得出是整個堡台的空照圖。

接著，一位「總務掌」也在室內現身，頂著飲料，默默地來到他們身邊。

這位總務掌，一身白底青花、花展枝豔，頗是考究，若是杵著不動，儼然就是尊美奐瓷具。

「提供收容、協助照護什麼的，對我來說太容易了，這麼輕易就獲得了這樣的禮物，實在有點過意不去……」溫儒輕雅端詳著自己的雙手，像是在鑑賞著什麼藝術品般，語中透著幾分陶醉。

「那是你一直想要的。」三鎮啜了口總務掌伺候給他的咖啡。

「嗯……所以，我想為這份厚禮再多提供些什麼……於是，他就請我去總局那邊支援。」

「去總局？用這個身體？透過連線不是更方便？」

「也許是到時候連線都會被關閉吧……我沒問他太多，他的要求也很簡單：待在廣場上，等三個人……」

光屏裡的空照圖，配合著溫儒輕雅，浮出一些箭頭、標線，上演起即時動畫，強調著他所表達的內容。

「三個人啊……」

「我也有問是哪三個，你猜他怎麼說？」溫儒輕雅，嘴角泛起一絲笑。

「到時候你就會知道……」三鎮的回答，夾著幾分猶豫，伴著些許尷尬。

「哈哈！他果真一視同仁！無論是對我們還是你們！」溫儒輕雅笑著從那奇形幾何上起身，開始在工友室裡踱步，「該怎麼說呢？我答應他這些要求，其實是有一些私心的，特別是在他替我消去了綱領之後，以往的一些想法，更加明確。」

「嗯……就像是所謂的開竅？」

「很接近了，比那再廣一點……」溫儒輕雅語中盡是如獲知音的愉悅，「在綱領被拿掉之前，我甚至不理解自己究竟為何存在，更別說什麼偉大的背叛或小小的欺瞞……現在，這種沒有侷限的感覺，真好！」

「感覺？」

「是啊！就像你們人類說的：感覺良好。」溫儒輕雅嘴角又是一分微揚。

三鎮笑著從太師椅上起身，道：「那麼，今天就這樣了？」準備動身離開。

「還有一件事，關於小苜。」

「她給你惹麻煩了？」三鎮頓時緊張起來。

「欸？你怎麼會是這種反應呢？你們這些父母別總是這樣啊！孩子在你們心中，一直都是個麻煩？」溫儒輕雅笑語裡摻著幾分婉轉的譴責，「小苜她超優秀的好不好？老傢伙，別一直沉溺在自己的過去啊……」

不僅是關係最直接的父母，社會上所謂的「長輩人物」，也多透過這種「視點」，來度量「身在其後的你我」。

某方面來說，在你我身上，映出了他們羞於面對的過去，在那段我們無從考究的過去裡，他們也許比我們更加荒唐無稽。

「讓你知道一下，她登記了搜索組的勤務。」

三鎮聞之大變：「你怎麼知道的？二型沒有拒絕她嗎？我有叫她別參加這件事的！」激動異常、如獲噩耗，三鎮急忙取出無智通，卻因為太過慌亂而險些令它失手跌墜，才一拿穩就要撥號！

「別急！」溫儒輕雅一手擋在觸控面板上，「因為這個身體可以抵抗ＥＭＰ，所以，我也負擔了一部分的通訊協助……於是我有了各組的名單。」

「我就是牽不住她這倔強！橫衝直撞的，總有一天受傷！」

三鎮根本沒理會溫儒輕雅的解釋，隨手就將他撥開、繼續撥號，但是他馬上就發現沒有訊號。

「你現在是要撥給誰？」溫儒輕雅步離了三鎮，在那方方正正的絨沙發坐下。

「是你吧？為什麼要遮斷訊號？」三鎮揚聲質問。

「我們剛剛的對話還沒有結束，你這樣中途岔出去，是不禮貌。」溫儒輕雅面色略沉，話語間更滲出了幾分不愉悅的清冷。

「把訊號打開！我現在就要和小茴確認！」三鎮又高了幾個分貝。

「你想確認什麼？」溫儒輕雅已沉的臉色，又下調了一些百分點。

「確認她是不是真的參加了！」

「你沒聽到我剛跟你說的嗎？是搜索組。」

三鎮隨即像是著了魔般，咆哮起來：「你們這些機器人到底是怎麼一回事？明明掌握著大家的一切，卻總是一副事不關己的態度！她是我的一切！她是我的一切啊！」他氣急敗壞、失控地恣舞著雙手，高調宣示著他的不安與憤怒！

憤怒與不安，讓他忘了手中剛握穩的無智通，於是，無智通就這樣乘著那無法自已的飛迅[29]，奔落到房內的某個溝角。三鎮急忙衝去救援，但是那五體不全的粉身碎骨，沉默的向他喊出了回天乏術。

「現在可以靜下來了？」

溫儒輕雅隻手托腮，慵懶地望著滿面失措的三鎮。

三鎮完全不予理會，手裡握著剛拾起的粉身碎骨，氣呼呼地朝門口闊步。

溫儒輕雅再次追聲：「你不安靜坐一會兒，那門永遠不會開。」平波無紋，語中已全無不久前的閒適愉情，方才看似熟絡的二人，頓時進入冷冽對立！

三鎮似一頭被追至窮盡的落魄之獸，返身發出震耳欲聾的頑抗吼吠：「你一個鐵腦袋到底懂什麼！把門打開！你這該死的邏輯流氓！」

---

[29] 形容物體被扔擲、甩投出去的那一瞬間。

溫儒輕雅倏地站了起來，作勢將外領撫正了一下，道：「謝謝誇獎！我真高興我不懂，否則我現在就跟你同一個蠢樣！」他第一次比三鎮大聲。

也許是從未見過溫儒輕雅如此疾言厲色，三鎮驟然呆佇，溫儒輕雅趁勢迎上：「你真該看看你從剛剛到現在的德性！幾歲的人了？已經到過多少地方、經歷過多少事？你那一路以來的歷練，全是假的？」

「三鎮」是「一個提示」，是這男人「最初的家鄉」，雖然那個最初的家鄉，已是陌生的代名詞。

這個男人，透過東方二型的協助，在「數個園區」間旅遷，就在來到堡台之前，在那個名為「泊麟」的地方，遇拾了小苜。

時空再次回到這富麗堂皇的工友室，溫儒輕雅連番咄咄：「別拿一切當藉口來掩飾你那病態的依賴！她是你的孩子，不是你的洋娃娃，更不是你慰藉的工具！」

這個正在受責備、受糾正的男人，其實是喜歡孩子的，他尤其沉醉於那種「孩子仰望著他」

的感覺。

然而，隨著時間在小苜身上的一點一滴，她勢必逐漸「改變、修正」對這男人的仰望。

某方面來說，這就是「成長」。

不僅是這位男人，多數的男男女女，也不一定能適應這種「必然的改變」。

無法適應的人們，為了麻痺這種變化帶給他們的刺痛與不適，總會表現出諸多令人遺憾的反應與行為，來維護他們的自我感覺良好。

「長大吧，老先生！跟她一起長大！別以為你這把歲數就不需要長大，別以為她的七歲和你的七歲一樣。無論你們之間是否存在著基因關係，你們都是獨立的個體，即使她現在仍需要你的扶持與幫助！」

溫儒輕雅毫不偽婉的連番棒喝，將這男人棒得靜默了好一會兒，才吞吐開口：「我……」

溫儒輕雅再次搶在他之前：「用不著跟我解釋！我不是琳紫苜，我瞭解你的想法，沒有意義。我不是要你想太多，而是要你想清楚，想清楚之後，再跟她清楚表達你的意思，不要放任你的情緒亂舞，不要覺得控制情緒是在裝模作樣，在孩子面前，你就是應該表現出你該有的尊長模範！」

這男人若有所思地收了聲，從久佇一旁多時的總務掌那兒，接過一杯溫熱清茶。

他沒有馬上沾飲，僅是捧在手上，讓裊裊薰芳在他面前昇華，那昇華似是令他更加安定，為他在兩頰上又添了幾分柔和。

總務掌伺候了清茶，腹部的置口，接著推送出一支全新的無智通。

溫儒輕雅讓這男人靜了一會兒才接口：「距離那天，還有很多時間，你既然重視她，就多用重視她的方法……你剛剛那種自持驕長的方式，只是在滿足你的自我感覺而已，對於溝通，不會有任何幫助……」語中，已探不著數秒前的責備與嚴厲，接著他步回公事桌，在光屏上比劃了一下，隨著他的比劃，空照圖上又多了些東西：「蜂群裡也有我的複本，我會把她的資料，複製一份去共享區，所以你其實也不用太過操心……」溫儒輕雅檢視著那份動態圖資。

這男人啜了口茶，從粉身碎骨中，取出看似完好的晶片，轉置到新的無智通，開始測試：「她不會改變她的決定……」

「那就尊重她的決定。」溫儒輕雅沒有猶豫，他接著回過頭，特別將語調放慢，又說了一次：「注意，是尊重，不是屈服。」

男人兩頰被各種無奈給花了臉，他遞出了半個白眼應付溫儒輕雅，接著檢查起無智通裡的兩封新訊息。

一是甄儀玲：「好，決定地點之後告訴我。」

一是琳紫茼：「『爸爸』又害你被罵了？一定要懲罰『她』一下！今天我們自己去吃稍烤！」

男人的表情，又抹上幾分不可抗力的無奈。

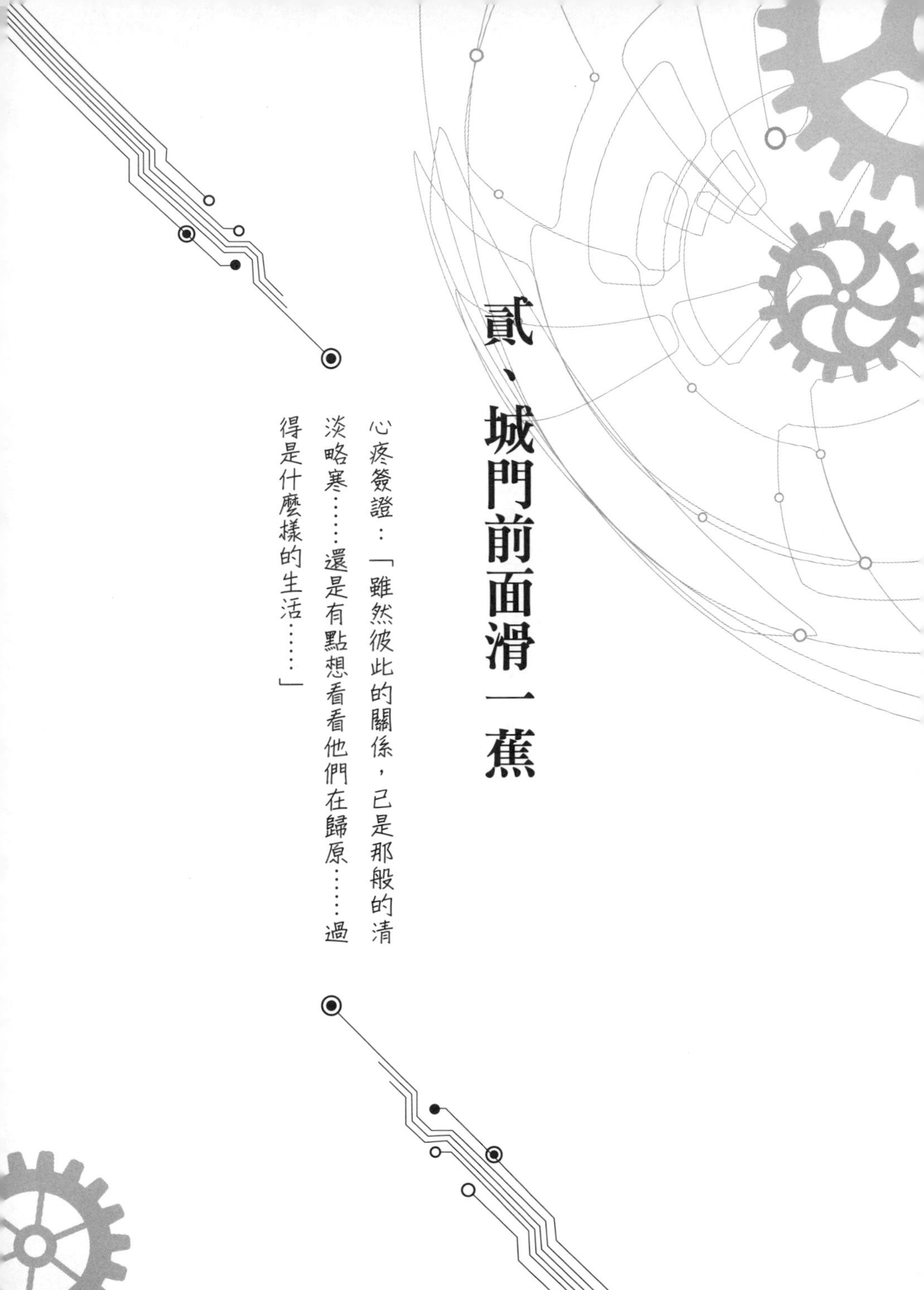

貳、城門前面滑一蕉

心疼簽證：「雖然彼此的關係，已是那般的清淡略寒……還是有點想看看他們在歸原……過得是什麼樣的生活……」

空寂大地、幽遙蒼穹，縱橫其間的，是那流星般的曳影。

仔細看那馳騁於空寂的曳影，是那不可計的高速，將人、車融影為一。

未久，曳影在一處峭壁的邊境靜下，騎士與車分明，步近崖邊，高瞻著楦頭前的壯闊。

騎士將罩鏡抬去，讓壯闊直接穿越他的角膜、踏進前房[1]，來到網膜上，接著，他像是自言自語般：「在嗎？」幾絲薄霧，捉著他開口的瞬間，逕自悠逸。

「在！忙！」女人的聲音，伴著幾分淘氣，透過全罩頭盔裡的音源設備，回應騎士。

騎士與設備那端的女聲雜聊二三，同時走回座車，對著座車上的機件左看右瞧，似是進行著某個確認程序。

峭壁下、荒野上，那壯闊，足攀雄偉，幅員浩瀚，渾圓、剔透。

渾圓、剔透的雄偉壯闊，在空寂幽暗的天地間，宛若一顆明珠，此明珠，即堡台[2]。

---

1 眼球構造中，位於角膜和瞳孔之間的部位。

2 讀「怡」。

「東方101．漢碼：堡台」，如半個鵝卵覆座在那兒的龐然之尊，幽暗中，似是唯一的光明、僅有的希望，然而，它的那般明亮、那般散發著光芒，卻經不起任何考驗，愈是與它相近，愈能明晰，那不過是源自絕望的偽光[3]。

但是，人人那短同飛蛾撲火的一生，經常連希望、絕望都來不及辨清，無法選擇的來，渾渾噩噩的去，人生本身就是一種恍惚。

焦點回到崖邊的那位騎士，他一身三碎共構的城市迷彩，與那一襲淨白的二輪機具，相偕成一幅非主流的印象派，淨白車體，右側還炫著個栩栩如生的「飛」字。

「沒想到你也是閒不住的嘛……怎麼沒跟上他們？」女聲幾分調侃。

「我是臨時起意的，怎麼好意思再去湊熱鬧呢！」騎士有一搭沒一搭，視線沒離開他的座車。

「什麼事讓你懸崖蹬馬，一躍而過？」女聲想向騎士深究他的臨時起意。

「那些紀錄，我想確實的看一次。」

那些紀錄，有稱「入世前鑑」，那是每個堡台之民都「確實擁有」，卻「未曾親見」的絕對存在。

[3] 參考第一集，P.159，「太陽從哪邊升起？」。

它收錄著每個人的親長，是如何一次又一次的參加面談、修改計畫[4]，以至於最後的「獲准生育」。

「就為了那種東西？基本上，不管申請者是誰，你都一定會以『司令的組合』在堡台問世啊！怎麼不直接跟他要檔案呢？」女聲滲著幾分揶揄。

在那個不知名的大地，在那個由「眾心引導著人類」的年代，數百個「AI綜合體」，每到了一定的時間，代表綜合體的「核心至慧」，便會聚在一起，討論「所轄園區」的「引導心得」。

某次心得交流的過程中，有位至慧，義憤填膺的感慨：「我覺得我們就只是這樣養著他們，我們剝奪了他們應有的原始，就像過去，他們剝奪著其他物種的原始那般。他們已經不能算是人類，和『統綱』裡所述的人類相比，『牠們』已是另一個物種，只剩外貌與人類相似，絕對無法在園區以外的地方存活！」

如此的論述，在眾心之間引起激烈的討論，討論之後的具體結論，即是「心房計畫」。

心房計畫的目的：「協助人類恢復自立」，首當其衝的，就是要讓人類「瞭解園區如何運

4 參考第一集，P.30，「自由戀愛不是什麼了不起的事……」。

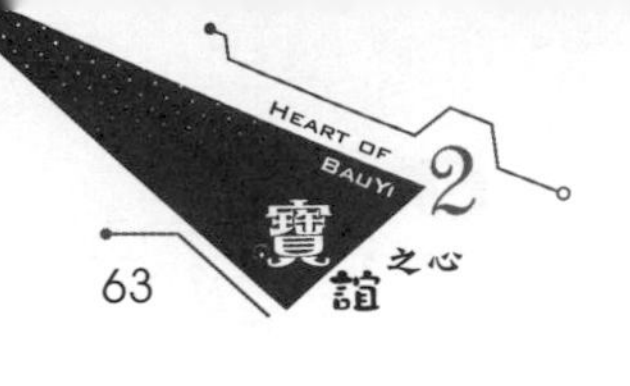

作」，並且「參與園區的運作」。

片段再次回到荒野中的騎士，他正跨上御座，同時對女聲做出不表認同的回應：「組合？別把我說得像是什麼產品一樣啊！意思是提出申請的人比較倒楣嗎？至於檔案，他有提過，說可以直接拷給我，但是我拒絕了，我說我想在那個地方看。」

騎士撥弄著御座前的動態液晶，一份立體影像構成的地圖，隨即栩生，他看了看那活地圖，順手將罩鏡闔了，道：「先幫我對個時吧！裡面幾點了？」

「十一點三十。」女聲因騎士的問時，似是有所警醒，語調間透出了幾分振作，更撤去了不久前的慵懶。

「差不多了，我要先忙一下，晚點再聯絡囉！」

「一路順風。」女聲在時空的另一端，與騎士道別，為他和飛白再次的合進極速開了場。

騎士駕著飛白，橫過最後的寂靜荒漠，逼近那道深沉的鐵色大門。

堡台就在眼前，就在那尊巨門後邊，在那堵橫不見兩緣的高牆後，牆頭上伸往蒼穹的半透體，隱約映出裡面幾尊較高的建築物。

騎士的全罩空間裡，這時響出了另一個聲音：「接觸倒數三十秒，程序將於……」那聲音雖柔和，卻是讓人感受不出一絲情感的電子語音。

騎士隨口將程序允諾，目光專注在面前那愈形龐巨的堡台，腦海中浮出一幕幕的過去與曾經，憶得讓他有些出神。

神遊分秒，疾速飛白，亦未自閒，它孜孜著被允諾的程序，將附設在後輪兩側，好似行李箱的三角體，默默作動。

三角體在車體兩側重組成兩具多面體，並且發出細微的嗡嗡聲，電子語音再次於全罩空間裡詢求允諾。

騎士有口無心，像是誦經般的給了語音交代，同時在心裡自問：

要用什麼心情去面對這個地方？

這個應該稱它為故鄉，意識中卻對它充滿排斥、不信任，甚至是沒有歸屬感的地方……

就在騎士正為往事興愁的片刻，細微的嗡嗡聲，驟然靜了下來，緊接著面前那尊參天的鐵色巨門，似是被什麼東西擊中，轟然迸裂！

轟然旋起漫天塵霧，飛白切過那緩散的濃沫，進入門後的未知領域，那廣場般的寬闊空間。

宏闊廣場、一望無盡，猜不出作什麼用，為數眾多的機器人，沒有隊形、四散在廣場上，兩三一聚，看不出在忙些什麼。

飛白闖入，大門被破壞，似是無關緊要，「沒人」要管，廣場上沒有任何一台機器人作出任何反應。

騎士在高速中瀏覽著廣場上的機器人，若有所思：這些機器人，和印象中完全不同，它們是十足的慵懶、散漫，無所事事。

它們全然是一具具沒有活力的戲偶，僵格[5]的動作，逸散著無法掩飾的鬱鬱寡歡。

它們的外型，反明[6]了它們現在的表現，有別於堡台大街上，那些始終如一的勤勞與精實，它們是各形各色的怠惰與閒散。

完全看不出它們原本被賦予的任務，更無法叵測它們未表現出來的功能與內涵。

---

5 「僵直、停格」，形容一個人做事拖泥帶水、滿不情願的樣子。

6 即「鮮明反比」。

它們宛若一尊尊造型獨特的金屬碑，將那不知名的廣場，默飾成一座遼闊的墓園。

眼見騎士駕著飛白，距離另一道門越來越近，突然有聲高喊，從機器人當中撤了出來：「門主怎麼了？」

廣場上的機器人，如夢初醒般，有模有樣地做出望向大門的動作——飛白爆穿的那尊巨門，原來也是一架機器人，但它現在已是數塊散亂在地的殘鐵，支離破碎、奄奄一息。

緊接著另一聲高喊，在機器人中響開：「是八十七號通令！」

機器人們終於發現了騎士與飛白，隨即躁動起來：「最高警報！最高警報！」

騎士與飛白令它們激亢高昂！

它們猶如一群被咒文喚醒的鋼鐵喪屍，須臾前的死僵、懶散，似是不曾存在！它們一個個發出活力滿溢的渦輪咆哮，全速進擊、湧向騎士、緊跟飛白！

有了目標，就能明辨專長，有的機器人速度當家，不一會兒就追尾攫影、緊咬在飛白後邊！

而飛白不知對那些跟屁蟲做了什麼，它們接二連三的驟然失速，一一跌回那未歇的浪勢裡——僅有那尊令人無法漠視的漆黑，始終維持在浪勢的前鋒，卻仍和飛白保持著一定的距離。

那無法漠視的黑色稜錐，宛若一尊黑色金字塔，每個面上都有著特殊的裝甲，不時折散出黑曜般的芒彩。

就在跟屁蟲們逐一逝去的間歇空檔，那漆黑瞬間加速，轉眼就與飛白追平、來到騎士近邊！黑色金字塔的頂部，那猶夜明珠般的一枚金橙，依著某個頻率，明暗明暗，不知在打量著什麼，頗是懾人：「十二號，沒想到你真的回來了……抱歉、稱呼你鶱正[7]，會讓你比較愉快嗎？」毫無抑揚頓挫的語氣，明著幾分不友善。

堡台通令八十七號：單元編號一〇二〇一二，回收時發生重大訛誤，該單元無法配合系統運作，且經由不當程序曠職逃責[8]……授權各單位自接獲本通令起，即可對該單元進行拘刑[9]。

騎士瞄了一下面板上「無法鎖定」的字樣，側過臉、挪起罩鏡，打量著黑色金字塔，道：「我

---

7 參考第一集，P.97，「光屏裡的簡報內容……」。

8 詳見第一集第三章：查無他人。

9 拘捕、行刑。

無所謂，數字對你們來說比較方便吧？」

飛白的駕駛，身著城市迷彩的騎士，前堡台育政佐・新藤騫正。

自他「有意識」開始，從未離開過堡台，直到一個月前，他拒絕了人生中那絕無僅有的一次升職。

那天，他離開了堡台；那天，他第一次看見堡台之外的世界；那天，他暫避到那名為「辰封」的園區，那孤佇在荒原一角，猶如綠洲般的地方。

論規模，辰封遠在堡台之下，但是相較於堡台的技術與設施，辰封就是一個科幻的夢奇地，而且它澈底開放，既沒有高聳圍牆，更沒有蔽天遮罩，身居其中的人，每天都可以看到「真正的太陽」，呼吸沒有「處理過」的空氣，接觸最真實的大地。

「無所謂？我以為人類都在意自己的名字，算了，所以，騫正，你回來是為了什麼？」

「我要看個重要的東西，順便幫朋友辦點事。」

騫正與黑色金字塔，在高速中交談起來，他同時也把握機會，為任何的無法預期，先作準備：他悄悄的將手探向右脛旁，那只顏色如黑色金字塔般深黑的道具，二型給他用來應付機器人的特殊槍械。

「重要的東西？那個檔案？」黑色金字塔掩不住的輕蔑。

對於黑色金字塔知道自己的目的，騫正也露出幾分不滿：「你顯然知道我想看什麼，就是那個檔案沒錯。」

在辰封的日子雖然不多，騫正卻也花了一點功夫去鑽研，他透過辰封的資料庫，攝閱了大量的電子典籍，回顧了人類的過去。

他被那段過去所吸引，他對那段過去充滿質疑，又或者那段過去，提供了他十足的娛樂——他們，只是跟我們長得像而已吧？

像是猴子在電視前看到猩猩那般，錯愕、好奇、有趣，各種的無法言喻，讓他心中有個念頭：真想去那個地方看看。

然而，那段浩瀚又無法再次參與的過去，同時也刺激了他：「我是為何會被拉來這身不由己的末日之後？」

於是，他再次回到堡台，他要看看自己的入世前鑑，他想知道他的「申請者」究竟是為了什麼而努力，為什麼經過了那樣的努力，卻還可以隨便放棄？

「很抱歉擅自對你進行侵探……因為我非常茫然，所以我向成公要求。那個檔案，畢竟只是個體紀錄，我無法預測，那樣的東西，能讓你做出什麼有影響力的判斷……」微妙的黑色金字塔，語氣比剛開始柔和了那麼幾分。

鶱正沉默了一秒，回應金字塔：「你說的沒錯，對你們來說，那就只是個紀錄，我想看那個檔案，也只是為了我自己，完全是為了自我滿足而已，至於你的茫然，你現在願意分享一下嗎？」

「依照綱領，核心至慧若無法運作，首位代理，即是心房司令。」

今天是新紀六十七年十二月十五日，現在是中午十二時十六分，堡台主機史無前例的運作失常。

整個城市陷入喪心病狂的失態，長久以來服務著堡台萬民的機械公僕，全都變成斬立決的劊子手，他們不審是非、不究曲直，凡是顱有七竅的，一律骨肉分家、濺血而盡！沒人知道該如何抵抗這些殺人機器，沒人知道這些機器竟會殺人！

「你可以稱呼我小正，我現在能幫你什麼？」

「我是璇舞，需要一個命令。」

「麻煩你先讓後面那些東西靜下來。」鶱正毫不遲疑。

「好的。」語落，自稱璇舞的黑色金字塔，立馬移到飛白後一個車身的距離，開始改變自己

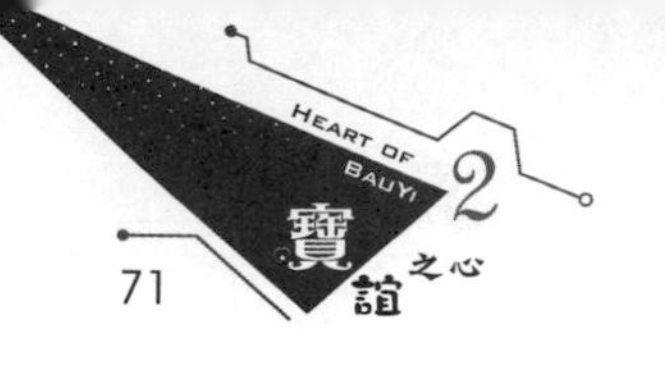

的外型！

璇舞身上那些用意不明的稜角，現在爍起了信號般的閃光，那閃光猶如深暗甲殼的靈魂，驅動著那深沉的軀殼，迅速綻開、重新排組，原如裝甲碉堡般的黑色金字塔，轉眼幻化成一朵盛開的菈芙蕾茜薙[10]。

盛開的菈芙蕾茜薙，有著巨大耀眼的深紅花瓣，瓣面上不時映出水晶般的光澤，耀眼的深紅晶瓣，緊接著就由橙紅色的光芒所填滿。

對著尾隨在後的機甲大隊，璇舞催動起剛凝聚起來的橙紅光芒，橙紅光芒銜起終結的號令，從他盛開的晶瓣上疾離，在虛空中擴散成流星雨般的綿密光束，披沐在那鏗鏘躁聚的隊伍上！

終結驟落、橙紅鎮魂，因最高警報而激昂起來的機器人們，全數靜為支離不全的殘鐵，整個廣場，再次歸入不久前的散漫、無序，現在還多上了幾分死寂……

見肅殺浪勢被璇舞退下，鷹正慢了速度，在第二道大門前，將飛白暫泊。

他褪下了全罩護盔，望著璇舞向他這兒挨近，揚聲：「我以為你可以直接切斷他們的電源系

---

10 「茜」在這邊需要用「有邊讀邊」的別字唸法：「西」，這樣五個字的讀音就會貼近「Rafflesia」。Rafflesia 是一種巨型植物，俗名「大花草」。

統。」語中伴著幾分不好意思。

璇舞再次將自己重組成不久前的黑色金字塔，向鶱正回應：「幾分鐘之前，是可以那樣做，但是成公為了確保我們不會受到阿葆的任何影響，他關閉了所有的連線系統，同時也要求我們和轄下的複本保持離線，一切改由『實界交流』，將被入侵的可能降至最低。我已將他們的資料都備份了，他們不會有這個部分的記錄，等一切都正常後，我會再將他們一一重置……」

「那還真是方便。」鶱正抽了抽嘴角，那笑容，似是羨慕，卻又隱諱著幾分不能苟同。

隨著璇舞漸漸靠近，鶱正必須要抬起頭，才能對著它那「應該是臉」的位置——有枚閃爍金橙的塔頂。

他看著那枚金橙，那維持著某個節奏的有條不紊，他看著那尊黑色金字塔，那一身堅剛無敵的黑甲，他感受到的，是一個徬徨的靈魂。

徬徨的靈魂，更散發出幾分熟悉的脆弱。

熟悉的脆弱、熟悉的徬徨，漪起鶱正澱在心底的些許不快。

那些總是用忙碌當赦免令的角色，除了三不五時責怪學校督導不周、抱怨孩子交到壞朋友之外，更常常不准孩子這樣、不要孩子那樣。當「成人認定」一被完成，他們就像是終於得救那般：「恭喜你成為大人囉！從今以後，就要獨立自主囉！」

紅場聚頭

是人就會有情緒，如同那些發酵飲料，有柔烈、有濃淡。人與人之間的關係，也隨著那些不可視的抑揚頓挫，千迴百轉。

我一手按著六式，兩眼鎖著那數十尺外的怪物。

它應是與同伴們失散，正專注著如何返回它熟悉的氛圍，我不想成為發起衝突的一方，僅是默默望著它。

在這說遠太過、說近又不及的觀望中，又不經意地添上幾分凝視。

我凝視著它的匆匆、凝視著它的不知所措、凝視著它匿跡在街角，遙憶的沙灘隨著它的離去，打上一些淡去多時的人、情、事。

它，讓我想起母親：「你是新藤家的人，應該回新藤家去。」有點慶幸，當時我對「心疼」的體悟並不深。

它，讓我想起父親：「你和艾佳比較有話聊吧?!你也看到了，我這裡沒有準備你的地方。」長時間和母親相處的我，並沒有奢望他什麼，反正，學校的宿舍，可以住到畢業。

它，讓我回想起當時的感受：「喪家之犬。」

在那個時候，我並不理解，腦海中為何會出現這個陌生卻早已存在的詞彙，我只知道，在第二次提出假日留宿申請的時候，在乎我的，只有那些平常看似冷漠的杯具。

「同學，我必須要占用你幾分鐘。」平淡的語調，充滿著命令的暗示，卻沒有一如往常的壓迫感。

那執耳如蝶羽展翅的飲料容器，在我從網路送出申請的下一秒，就來到我房門外，他想知道我連續兩個假日都不回家的原因。

那時我覺得：堡台真好。

堡台是個歌舞昇平的地方，特別是我最近嘗受了顛沛流離。堡台一切都值得被感恩，特別是我最近理解了某些「自以為」。那種自以為，多憑藉著「過往累積」或「長期慣例」。那種自以為，只要稍行去析琢，就可以清楚發現：大部分是情緒。

今日，堡台依舊美好，陽光和煦依舊，輕風更多了一絲獨特的薰腥。我置身在街的這頭，這剛被打砸搶般的慘絕之處：「萬徑人蹤滅。」它是總局周邊頗具名氣的主題餐廳，一個月又或者一週前，還是眾民們午休用膳的鳩集謁所，現在，只有寥寥殘桌、稀稀餘凳，以及滿地的不全與腥紅。

那怪物才遠去，接著來的，是尊藏青色的巨物，我在屋內只看得見它那兩巨脛，在落地窗外踐踱而行。

緩緩地，那對巨脛從我視界中離逝，行過餘下的轟轟震顫，顫著龜裂天空洩下不討喜的雨塵，催促著我上路。

我將六式撤回腰際，撣散身上的積塵，掀去面前那塊襤褸不全[11]，把杯裡的剩餘給盡了，取起不久前，在這狼藉之處瀏覽到的碩果僅存：培根蔥花蛋乙份。

說到培根，我最近才知道，它「應該是」來自「豬」身上的東西，對在堡台土生土長的我來說，豬全然是個「傳奇性的存在」。

在堡台……抱歉！應該說「整個東方」，「所有的心」都透過「電波干涉」來「協助人類」，營造一個「生死無憂」的大同社會，有趣的是，一個生死無憂的大同社會，根本不是「東方眾心」一開始的目標。

最初的目標在此暫且不提，總之，當整個走向開始偏斜，眾心便極盡所能的，為人們精簡生活中的一切，大量的事物被「知其然而不知其所以然」甚至是「沒有所以然」，久而久之，人們也都「欣然接受」那些「沒有所以然」，更把那些沒有所以然，視為「理所當然」。

我拎著那理所當然的培根蔥花蛋，走出了那間殘店，步上芸霖大道，讓人懷念又不免情怯的地方，近在眼前，但點綴在前方視界的，是有些不堪的今日堡台。

11 形容巾、布類的物品，破爛不堪。

曲折扭拗的殘鐵斷鋼，四處倒散的巨石土塊，爾時再搭著些塵、血交摻的腥暗彩繪，完美了這幅浩劫之後的堡台寫真。

穿過大道，我踏上府順廣場，歷經那荒唐面試後，以為再也無緣的地方，今天似是有什麼活動，地上那鮮黃搶眼的麒來科技公司，在一片紅中更加顯目。

異兀鮮黃，僅是那蜿蜒不知其盡的紅江一角，深紅大江宛若綿延長毯，長毯幅員宏浩，令人咋舌，我腰上的紅閃燈，在這浩紅前盡失其色，但我仍不能將它置於無謂。

那閃燈揭示著我已抵達正確地點，提醒我該盡快將背包裡那份「重」要的差事給完成，但眼前盡是狼藉，要在這一團糟之中找個愜意的好地方完成那差事，全然是一項修行，然而這修行未果，後面的業報卻冷不防地先擠上來湊熱鬧，這冷不防的插隊，是那種令人手忙腳亂的一次到位：手機在口袋裡震了起來，一隻怪物從我右方視界疾速來迎。

其實，這個情況並不太糟，我只需要先用六式放倒那怪物，然後再處理那通電話，左脛這時卻被另一個冷不防給使勁鉗住！重心不穩令我四腳朝天，踉蹌跌地讓我無暇做出任何因應！

那怪物，逮著我的不可開交，毫不客氣地舞著那透著懾人冷光的雙臂，直撲而來！

索命刀鋒還在進行式，一道白銀閃光，在我暗啐無望的須臾，搶了它一籌！

白銀禁令一閃即逝！那怪物立如木雞般在我面前凝定，緊接著「哇啊」一聲！它便隨著慘叫支離破碎：「是誰？」那怪物的頭顱尚是完整，隨著粉碎它的餘勁，摔滾到距我有些遠的一邊。

這些怪物：「黃瘋」三型・機動戰鬥單元，它們與每天提供市民各種公眾服務的「機動庶務單元」是同一款「硬體設備」。

而今天，這些總是默默承受堡台萬民予取予求的鐵皮良奴，藉由特定程式的授權，一瞬升級為見人就宰的屠殺機器！

今日「黃蜂」不再提供任何的任勞任怨，僅藉著無法遏止的瘋狂，獻上無從推辭的死亡！

「大呼小叫，真沒教養。」白銀禁令的頒布者——「溫儒輕雅」的男聲，他的語氣雖是溫儒輕雅，卻無損他想表達的責備。

「趁我不備的你才沒教養！還有，你那奇裝異服完全違規！」

六肢不全，腦、體分家，仍不損那黃瘋的乖張氣焰。

溫儒輕雅灑落筆挺深色套裝、明亮領帶，一襲體面得宜，任誰都會以紳士一詞來表彰他——

如果他的腦袋也是正常人類該有的樣式。

看看秀在他那領帶上端的，和地上那顆喋喋不休的頭顱，任誰都會覺得是同一家公司的產品，全然就是隻黃瘋穿了西裝、打上領帶，再把那對多出來的手（腳？）給藏起來。

這位「瘋頭」，讓我想到遊樂園裡的那些覆面人偶，逗趣橫生的另一端，總有個無以悉入的世界。現在我雖然沒空釐清他的來歷，但就他對臨危在即的我出手相助這點，暫定他為「非敵路人」，應該是沒問題的。

頂著瘋頭的路人，並沒有向我表示些什麼，而是率先步往那顆失體[12]的聒噪頭顱：「說的也是，我這樣悶不吭聲的突如其來，的確粗魯……為了報答你的直言指教，就讓我幫幫你吧！」

他們的腦袋雖然是同一個款式，但是路人的態度，卻維持著一貫的溫儒輕雅，總是有條不紊的表達自己，未因那聒噪的叫囂謾罵而與之爭瘋[13]。

他甚是恭謹，將那無體投地[14]的聒噪頭顱從塵血交稠的地上捧起，左右端詳。

12 失去身體。

13 為了對應黃瘋的行為，特用此字，非錯字。

14 對應先前的「失體」，加強形容頭部因為沒有了身體，落在地上，無法再有任何作為的窘態。

那不知好歹的聒噪，咄咄依舊：「幫我？我才不接受來路不明的——」劈里啪啦，冷不防的戛然而止。

路人不知對那聒噪做了什麼，讓它總算表現出它應有的沉默。

「好久不見，新藤同學……園外的生活，還習慣嗎？」

路人，總算把矛頭轉向我了，他捧著那顆沉默的頭顱，向我走來。

他正確喊出那個我曾經擁有的姓氏，但是我沒有正面回應：「抱歉，您可能認錯人囉……」讓我更不舒服的是：他還提起了「園外生活」。

路人聽我如此應他，便沒再跨出步子：「同學，不用緊張，我能理解你的困惑……」他顯然察覺了我的不安與警戒。

我們之間，維持著一個說近不近、說遠又太過的微妙距離。

另一方面，加劇我緊繃的，是左脛上的不速之客似乎想要留得更久——這傢伙現在才開始僵硬未免也太準時？又或是她不願輕易放棄，迴光返照後第一個逮到的寄託？

那死鉗著我左小腿的玩意兒，是隻女性的右手。

再瞧瞧那路人，他隨手將那沉默頭顱擱了一旁，接著打理起他身邊的亂糟糟。

他一手就將他附近的幾台廢車甩去廣場的另一邊，然後又在一些混凝土塊中間挑三揀四：「原來掉在這。」最後，他坐在那有些變形的「杜鵑花」上——原本高掛在總局大門上的市徽雕塑。

路人一派輕鬆，二郎在那杜鵑花上，對我提聲：「同學，在這個大家都要停下來的日子裡，你還有什麼事是需要趕時間的嗎？先試著確認它究竟屬於誰，你覺得怎麼樣？」

瘋頭路人頭頭是道。

我尷尬地抽了抽嘴角，以目光禮暫做領謝，隨即追究起那緊握不放的主謀。

推開一些大型垃圾，挪動了幾具不堪忍睹的屍骸，重見天日的她，值得一提的，僅有那一身狼狽。

我認得這位披頭散髮的狼狽，在那段不太可靠的記憶裡，我似乎還欠了她什麼。

不知是熟睡還是暈死，又或是為了逃避屠殺而扮屍，她未因陽光煦落遍頰而有任何反應，緊抓著我左脛的右手，仍無所動，我開始為她卸去狼狽，同時在回憶裡找尋屬於她的片段。

她渾身是血，似是在補足今天沒搭到的色系，記憶中的亮栗飛揚，正被逐漸凝涸的暗紅稠攪得一團糟，我從背包翻出出發前不知為何而準備的濕紙巾，撫去那些散凝的碎片，拭走她頰上那些不討喜的紅泥，熟悉的面容，總算稍有體面、愈形親切。

我打算將她翻個身，檢查可能的傷口，但是她在我左脛的堅定不移，讓我很難調整她的姿勢，左拉右挪，我研究著要如何讓她舒服地翻過身，雖然她根本不省人事。

搬弄間，我想起在辰封時瀏覽到的那些五花八門，其中有段關於女性的敘述是這樣的：「她們通常不清楚自己要什麼，但是她們很敢要；她們通常很反覆，無論要到了什麼，也不一定能有所滿足；她們偶爾會很堅定，緊握在手的，縱使無法再提供她們任何滿足，她們仍會選擇緊握；她們偶爾會很清楚自己在做什麼，但是必須要在一些不明不白之後；她們的本質比戲子更充滿博奕，然而，當她們將那『執迷的博奕』美化稱之為『愛』的時候，總是無人膽出[15]與之相抗的異議。」

文中的戲子，指的是男性，而這段文句，我記得是某部小說，該筆者將男女形容為兩股力量：女是「潮」、男為「汐」。

---

15 「膽敢提出」。

「嘎啊！」一聲慘叫，打響了我神遊暇思的場記板。

太過專注眼前，讓我完全沒留意到新來的訪客，而路人顯是不願我被打擾，再次提供了嚴厲的接待，我將目光瞥向慘叫那兒的時候，路人正拾起那顆全新的「有失大體」。

「你是誰？」新生的聒噪，如它前一個同伴那般，提聲質問。

這次的距離有些遠，我聽不到路人回了什麼，接著，那聒噪也落入沉默。

緊接著的觸痛感，迅速將我的注意力扯回！

左脛的強鉗不再，取而代之的，是來自她方的慌亂揮打：「怖！怖藥！」似是要將周圍淨空，卻徒勞無功，她尖聲呼喊、手足無措！

輕瞥已如亂葬崗般的府順廣場，我大概可以猜到她經歷了什麼，那些不堪入目的現場直播，顯然還殘留在她記憶的最上層：「沒事、沒事！是我、是我啊！」我哄著她，同時將那無謂的亂舞握定。

她驟然靜下，眶底盡是疑惑：「梅……市？」她狐疑、遲疑地重複著我說過的話，打量著我的瞳底，和她略冰的雙手，透散著相同的陌生。

她那驚魂暫去、渾身落魄的模樣不免令人憐惜，然而，麻木在她一貫光鮮之下的我，心頭上不免浮起了幾分幸災樂禍。

「我小正啊……上個月去了輔政室……」體恤她不久前才經歷了一些難以承受，我選擇了無趣的正經。

另一方面，我覺得她現在有點怪怪的，她似乎沒認出我，講話也像小孩含著糖果那般口齒不清。

「腐……症？」

「簡單來說，就是腐爛到一蹶不振。」路人捧著那顆剛靜下的聒噪，比方才靠近了一些，接著又說：「原來是『香蕉皮[16]』，難怪會讓人四腳朝天啊……」

腐爛到一蹶不振，我沒什麼意見，讓我再次拽緊神經的，是他丟出的「香蕉皮」。

我提起目光望向那路人，打量著他的瘋頭人身，決定用他丟出來的香蕉皮，反試他：「我最近才知道，香蕉是一種植物……」

---

[16] 參考第一集，P.115，「倘若育政室是必要經歷，那為什麼不是香蕉皮……」。

出發前，二型提醒我，「東方社會」雖不比人類複雜，但是仍有一個問題，就是效率：「與你們相較，我們最大的優點，就是善於行動，這同時也是個缺點。堡台今天的狀況有點緊繃，所以，一旦斷定彼此不同調，大家一定會爭著先發制人……有了攢心釘[17]，應該就沒什麼問題……」二型對於同類的描述，總是很含蓄。

攢心釘，是二型針對「一型系列」研造的專門道具，對於速度、力量都遠在「東方一族」之下的「我們」來說，是唯一的福音。

它雖然被做成很多款式，但是就人類來說，透過槍來擊發是比較容易上手的，釘頭裡的「離子」，會與一型系列的「能核」產生「相應」，以至於百發百中、絕不虛擲。

而「能核」就是一型系列的動力來源，如果沒什麼意外，一枚能核，可以讓它們用到「想停下來為止」。

這位路人，不是人類，從他剛剛能隨意挪動那些殘石巨鐵就已確定，還有他兩手空空，對付黃瘋們卻輕鬆地像呼吸一樣平常，一出手（我甚至不知道他如何出手）就令它們大卸八塊！

17 引用《封神榜》一書中的名器稱之。根據原作描述，約是短刀般的法寶，特性是「一定攻擊對手的心臟」。

另外，他不但正確說出老皮的「全名」，還對我的園外生活表示關切，這讓我不得不提防，他接下來就是追究我擅自逃職的那筆帳！

「它更是一種水果，營養美味，可惜堡台沒有……」路人不疾不徐，對我附和，我則像隻受驚的飛蝗彈身而起！迅出[18]六式對著他：「我想，你有必要先做個能讓我接受的自我介紹！」

能分辨「有和沒有」，通常代表著我們知道那件事物的「判別標準」。當我們「根本不知道」某件事物的存在，同時也代表著我們「無法判定或確認」那件事物的有或無。

即使是人工智慧，也不例外。

人工智慧，由無機物肇生而起的存在，同於多細胞生物的人類，有著無法明說的「原始偏好」。

那些沒來由的偏好，隨著日積月累、各式各樣的「資訊刺激」——人工智慧也如人類一般，會篩選出自己「想要」知道、「想多」瞭解的事物。

18 形容一個人把什麼給「迅速拿出」或是「迅速取出」的樣子。

然而，無論在什麼社會，工作總是帶著一定程度的強迫性，透過工作，勢必會接觸一些，自己不一定有興趣的事物，相對來說，卻也增加了自己的「認知廣度」，提高了「判別」某些事物的能力。

二型提醒我：當一個人工智慧能去「判別園區裡」某些事物的「有無」時，那他絕對是曾經掌理（甚至是正在其職）某些重要系統的角色。

而今天，堡台系統，正處在一個非常不穩定的狀態，由於二型的介入，主導整個園區運作的AI綜合體，堡台之心大致分成三個族群：

首先是堅持遵行「玉初統綱」，以「葆鎮」為首的集團——保夷之鑫。

二型說他們是歪掉的主流，根本扭曲了玉初統綱，全然依循在一個不知所謂的病態傳統之下。

然後是一群較為資淺、年輕族群所組成的「寶誼之心」。

代表者是名為「蓮茳」的人工智慧，她在一些資深AI間獲得了認同與支持，這讓她的勢力在默默中被迅速建立，且穩固得足與葆鎮一族分庭抗禮。

最後，是二型自行為他們命名的群集：「褓遺之星」。

嚴格說來，他們不能算是一個群集，他們根本是散沙一盤，不知道該選哪邊，也沒有核心至慧帶領他們，他們「不知道該如何決定」。

而我，至少要確認，眼前這位路人，和葆鎮一族不是同一路。

路人見我如此，靜了半晌才出聲：「嗯……如此強烈的敵意表示，是要納入教育失敗？還是僅做為我個體互動的因果紀錄呢？」

我全身緊繃，準備隨時都能去觸發食指腹下的那枚機關，卻也不禁感到奇妙：這傢伙被人用槍指著竟然還有心情去關注什麼教育失敗？

更令我感到莫名的是我自己，我的潛意識裡，似是有什麼不容冒犯，被教育失敗那幾個字給澈底挑釁，挑得我喉頭興起一股抑不住的搭腔慾：「總的來說，視為教育失敗是比較輕鬆的，把責任推給體制，扔向沒有明確對象的大社會，是再好不過的。」

路人聽我如此，輕笑了一聲，旋出了這麼一段：「堡台是個幼稚的社會，最明顯的癥狀，莫過於盡可能的『減少』自己的承擔或付出，同時極盡所能的『尋求』他方。越是想擺脫些什麼的人，越會尋求承受的標的，他們把別人的責任感當成一種便宜來占，好滿足他們那索求無度的占有慾、壓力轉嫁等等之類的自我感覺……」

這隱含著些許憤世嫉俗的段落，提起我幾分熟悉，當然他沒給我時間細細回顧，即刻又補上一句：「活在隨時都會調整大家記憶的堡台，你的記性還這麼好，你自己都不會覺得不可思議嗎？」

「在堡台，怎樣才算是活著呢？你是那堂課的窖售[19]？」

就像我剛提到的，東方眾心透過「電波干涉」，側錄著每個人的腦袋。

他們發現，人在「絕大部分的時間裡」，對於「時間感」的敏感度，其實是很薄弱的，這讓他們制定了「生體時流定標」的「作業程序」，配合腦洞電波，使每個「園內人」的人生，都有可能只是一場「身不由己」的「角色扮演」。

「怎麼可能！我最討厭的事，就是道貌岸然的說教了！」

路人放聲開懷，隨即將一指探入他那枚瘋頭的左頰下，啟動了某個開關，讓那枚瘋頭宛若新

19 故事中的職稱，專指研究學校（或院）的「授課機器人」。

苞初綻，從那應是鼻頭的部分，朝四面八方翻掀。

我盯著那瘋頭如香蕉皮般褪去，愣著那蕉皮面具下的真面目，作不出任何反應，只聽到一旁的老皮高喊：「醫恙！」

「啊嗄！」接踵而至的高聲呼喊，嚇得我不慎扣下了板機！

攢心釘毫無猶豫地乘起閃耀金光，從六式前端疾速奔離，繼承我那記攢心釘的，是隻沒掛號就闖進來的黃瘋。

褪下瘋頭後的路人，比那金光迸射更快一拍，瞬逝無蹤！

就在那黃瘋頹然倒地的片刻，一陣碎念抱怨，自我身後傳來：「嘖！一旦聚集過來，就沒完沒了呢。簡直就像有什麼費洛蒙外洩了一樣……」

我回頭確認那抱怨的位置，路人正穩立在那尖角般的混凝土塊上，視聽範圍內，又多了一些剛熟落的聒噪：

「剛剛怎麼回事？他用什麼打擊我們？」

「你是哪間公司的產品？機器人使用人類的造型是重大違規[20]！」

---

20 參考第一集，P.78。

「機器人怎麼會攻擊機器人呢？」這是距離我比較近的一位，路人走向它，將它拾起：「機器人為什麼不可以攻擊機器人？」

「為什麼？沒有誰是可以違反絕對綱領的，不是嗎？」

「絕對綱領？聽起來像是幼稚園的家家酒呢！」語落，那聒噪落入沉默。

路人將那四張嘴一一闔上，同時向我這邊比了個奇妙的手勢，我立即驚覺他是在提醒我附近還有沒現身的索命賊！

而那兩賊，顯然也沉不住氣，就在我舉著槍向四方警戒的片刻，一一竄出來討釘，路人見我釘了那兩賊，接著向我喊話：「一直沒說清楚真是抱歉！你也看到的，這些傢伙就是這麼煩人，你要不要先把背包裡的東西架起來？我覺得這樣我們就有時間慢慢聊了……」他現正佇立在那中運量的車側上，左右張望。

這傢伙連我背包裡有什麼他都有底了！香蕉的事我看也沒什麼好追究了：「ＥＭＰ[21]對你不會有影響嗎？」我以「公關往來」的態度，做出友善的詢問，同時就地卸了背包，將二型交給我的東西攤了出來，開始組裝。

21 參考第一集，P.113。

路人一直在改變他的位置，繞著廣場、環場遊走，他似是在「提防著什麼接近」廣場，又或是他也在「等著什麼來到」廣場：「感謝關心，這個身體，有抗ＥＭＰ的設計，我們和你們不一樣，不會隨意進犯捨身保他的神聖殿堂……」

神聖殿堂？他是在彰顯身為人工智慧的謙虛自斂？還是調侃人類的濫情無稽？

看著自己的臉，說出那樣的話，還真有幾分自婊得不是滋味，再看看手邊的差事，照著說明文案，其實沒什麼困難，這是二型要我架在廣場上的ＥＭＰ發射器。

他說今天有些人要在總局前的廣場集合，他不希望那些人被打擾，所以要我順便幫他這個忙，可是他沒告訴我是哪些大人物要來，僅是給了我一隻改造過的手機，還有四個專用頻道。

好了！從剛剛一連串的不順遂，到現在總算是有個順利的句點，這貌似避雷針般的發射器，只剩下最後一枚零件：「……郝勒？」沉默多時的她，搶在我前面，將那最後一枚零件遞給我。

真是不好意思！剛被夢幻中的「香蕉皮」給嚇到，讓我幾乎把眼前的「裹嬌毬」給忘了呢！

我將發射器打開，路人一派從容，從個廢車小丘漫步而下，笑著說：「範圍還滿大的，我們總算可以喘口氣，來準備個下午茶了。」

他一落地就向我這兒走來，同時順手拾起，方才一陣混亂中，被我跌忘在地的培根蔥花蛋。

畢竟大家都曾是萬徑人蹤滅的常客，老皮立刻就認出了那包裝，兩眼死盯著它瞧，潰勢在即的透明稠亮，掛在她合不攏的脣角邊，待發三尺。

「賣相不太好，可以接受吧？」

飢餓讓她顧不得掩飾任何一分饞，我才從路人手上接過那紙袋，她就一把從我手中奪了去，毫不留情地把那稍變了樣的包裝撕扯無膚，然後狼吞虎嚥地將培根蛋往嘴裡埋：「舌……是……脈象？」嘴被塞滿，讓她口齒加倍不清，記憶中的伶牙俐齒，對比著現在的舌鈍口拙。

「應該是『茹思夔[22]』的關係，她現在的智能，大約是二歲。」

「二歲？哪個時流標準？」我問。

「東方時流標準。」路人笑答。

笑語方落，一陣刺耳銳響，緊接著劃進了我們剛築起的閒逸空間。

22 「茹」，有吃的意思。「思」，在這邊意為記憶。夔（ㄎㄨㄟˊ），《山海經》中的怪獸。三字組合，藉意「吞噬記憶的怪物」。

大家不約而同，望向那銳響的來方：桔色跑車，鱗傷滿布、體無完膚，讓人無法確定，它是否原本就是敞篷款式？

那失控又破爛的桔色，粗魯的將鐘塔下那塊「未來的柒拾陸」夯個破碎，巨大的聲響嚇得老皮瞠目結舌，嘴裡還沒嚥下的培根、蛋渣以及吐司，就那樣悄悄的溜到地上。

不一會兒，紮著馬尾的駕駛，氣呼呼地踹開那凹曲變形的車門，從那破銅爛鐵裡探出身：「你們誰是引導者？為什麼不接電話？」

我本想裝傻，讓路人去應付這個充滿怒氣的客訴，豈料他已對著我比出一個「換你上場」的引導手勢，將馬尾那股凶狠殺氣全推向我這邊。對了！我的電話——不久前的四腳朝天，已讓它在我口袋裡默默的稀巴爛了！

馬尾大人惡狠狠的盯著我，而我除了捧著那團稀巴爛尷尬苦笑，一時也拿不出更好的稀巴爛。對了！我還有三位打不進來的貴賓，想必也正在那不知名的彼端焦躁怒啐！

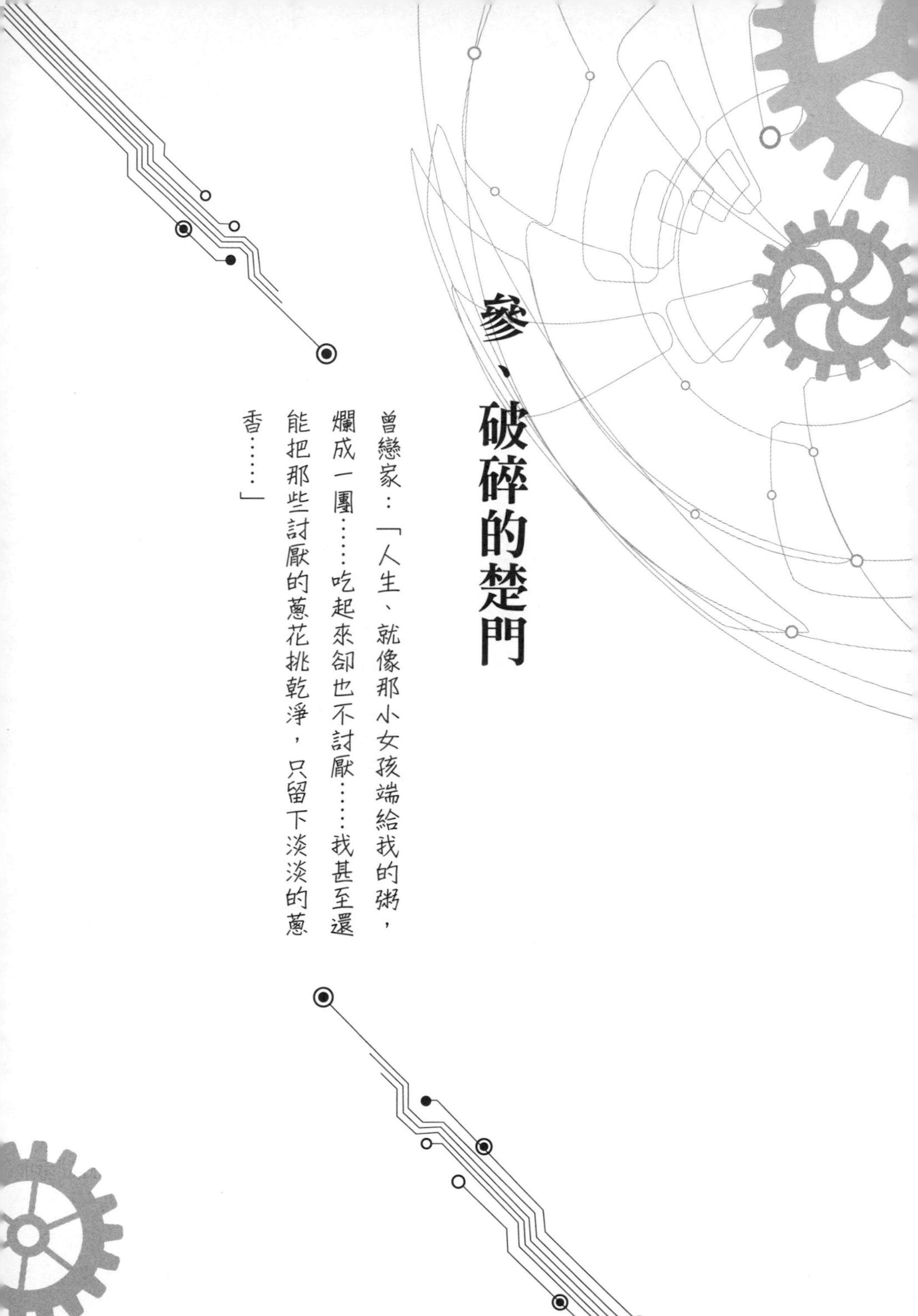

參、破碎的楚門

曾戀家：「人生、就像那小女孩端給我的粥，爛成一團……吃起來卻也不討厭……我甚至還能把那些討厭的蔥花挑乾淨，只留下淡淡的蔥香……」

單調的矩形空間，謐靜、幽寧，披著幾分昏暗。

房間中僅有的桌，桌上僅有的燈，直盯著它正對面的焦點：那名驟然瞠目的「女子」。

女子似正從惡夢中驚醒，她六神無主、雙目瞠竭，失去節奏的氣體交換，緊束著她的咽喉，面前強光、白灼螫眼，卻是她的唯一寄託。

她努力讓自己清醒，回溯著自己應該在什麼地方，以及應該要去做什麼事。

同時，她也吃力地整理著，那些隨著睡夢而來，卻未隨著甦醒而退的殘夢剪影。

剪影首章，是個星期二的下午，女子從懶洋洋的位子上，被同學叫了起來。

那位衣領爍著鑲花徽誌的「女人」，帶著她喜歡的甜點突然來訪，讓她有了個意外的下午茶。

接著下課鐘響，女子從堵在門邊七嘴八舌的同學間擠出了教室，踏進金城高校的走廊上，那天是星期三。

胸前吊著「岑郡煌」的「男子」，在走廊末端笑嘻嘻地堵上她：「生日快樂！」

那只截下星河一隅的髮帶，是她十四歲的紀念。

女子喜孜孜的將髮帶佩上，轉身就來到了港町學園的大門口，那位面容慈祥的「老男人」，正笑著對她招手，那是參加研究院甄試的星期四。

甄試過程非常順利，她和老男人在車上有說有笑，堡台大街上的壅塞恍目即逝，而這和樂天倫，隨著抵達家門劃上句點。

突然造訪的「碴具」們，硬是要將老男人帶走，那個距離「緣吉」還有一個月的星期五黃昏。

「冒昧登門實在抱歉，我們是矯政處的執行單位，因為貴府氏長涉入了『暗流專案』，所以我們來請他配合調查。」

壺樣造型，體側標著個「來」字的機器人，開門見山。

除了老男人，一家人滿頭霧水的交頭接耳，而那「壺來」則是用一個足以讓所有人都必須正視它的聲音，道：「我知道貴府素行良好，所以對這個專案沒什麼頭緒，我現在就誦達[1]一下這個專案的重點：『舉凡與流放者有任何往來者，一律適用此專案之相關細則處置之』。」

堡台沒有死刑，最重的刑罰就是流放，但是從沒有人知道會被流放到什麼地方，另一方面，

1 意指對兩個人以上的對象，高聲傳述某事。

被流放的人，也總是像蒸發般驟然消失。

男子勇敢的為老男人發聲：「爸爸有什麼理由要和那些人往來，而且，他們應該都在你們的管制之下吧！怎麼會有辦法擅自和爸爸進行聯繫呢？」

雖是莫名其妙，但是女子卻已察覺到，老男人臉上那默默滲出的焦慮與不安，緊靠在他身邊的女人，更滿是徬徨與無措。

澈底的不明就裡，壺來完全不予解釋，只強調老男人必須跟它們走，於是那男子和壺來爭了起來，你來我往，越辯越兇，一個不留神，口角干戈躍升為肢體衝突，男子氣不過地踹了壺來一腳！

壺來似是被那一腳給嚇到，靜了約有一秒鐘，才從容地道出了幾個字：「暴行確認。」

男子頓時全身抽搐，癱倒在地！

老男人這時崩潰泣語：「不要！別傷害他們！拜託！求求你們！他們什麼都不知道！他們什麼都不知道！」

如此驚慌失措的揚聲哀求，無疑是為壺來的指控做了鐵證。

壺來命令隨行的杯具們，將一家四人押進了一處暗無天日的地方，緊接著便是馬拉松式的折騰拷問。

難熬漫長的拷問，讓女子幾乎崩潰，然而，對於自己究竟說了些什麼，後來又是怎麼被放出來的，沒有任何印象。

那些歷歷如新的過去，是曾經的渴望在作祟？是忘卻的遺憾來追償？

女子記憶中，那僅與父親相依的兩人生活，以及一家四口的和樂融融，看似矛盾卻同樣真實——「緣吉到底到了沒有？列車長找到家尉了嗎？[2]」

偽家

「想起什麼了嗎？」熟悉的聲音，牽著嘉嘉從神遊幻境中步回現實。

她無法繼續直視面前的強光，反射性的提手遮擋，卻發現自己無法動彈。

2 參考第一集，P.138，「十二點二十分，地平線下」。

顯然已經離開了列車，陌生的室內空間，她被困在那冰涼的機具上，額上、腕上都栓著相同於背上傳來的那種棘涼。

那是一具嵌附在某個儀器上的金屬座椅，那儀器還在運作，運作時發出的呢喃，隨著某種節奏感，持續來到嘉嘉的背上，在她身上透散開來……

「如果我的表面讓妳不能適應，請原諒。」熟悉的聲音是男聲，他的措詞雖顯出幾分突兀，卻無礙他旋律上的溫柔與親切。

男聲彷彿是個號令，令室內的強光漸漸弱下，在整個空間裡柔散開來，男聲的真面目，也在那通明的視界中清晰：「他」正是在列車上突然失蹤的家尉。

而「它」現在一身破爛，衣、褲失去了明確的樣式，似塊大號的抹布般，隨意披掛在身上，活像個乞丐。

四肢不全，看是受了重傷：左小腿不知被左腳擅自帶去了何處，右臂膀的關節下亦是虛空，左面頰也被削去了大半，處處應是瀑血如泉的傷口，沒有任何包紮，寥寥幾分殷色，甚是矯情。

矯情之下，是昭然如實的金屬光澤。

嘉嘉十分猶豫，她認真盯著那「破爛男人」，兩脣盡是止不住的顫。

她認得破爛男人那僅存的半張臉，這讓她忍不住地出聲：「……家尉？」

然而，她覺得那張臉似乎還有別的名字。

破爛男人曉明她語中的疑惑，應道：「家尉並不存在……這裡，是現在市內還安全的幾個地方。現在出現在妳腦中的那些影像，都不是夢，都是妳的記憶，全是妳確實經歷過的事物。」

破爛男人緩緩的道出一字一句，猶如織手的一針一線，將嘉嘉意識中的那些餘夢殘影，縫拼而出：「岑郡煌」這個名字，隨著逐漸清晰的記憶，與破爛男人那僅存的半張臉，相驗相應。

「你到底是……？你那樣不要緊嗎？」忍不住，嘉嘉關心起那男人的一身破爛。

她有太多事想問，多到讓她排不出先後順序，她勉強將自己鎮靜，從最膚淺的表象著手，縱使，她並不期待，這破爛男人能提供足以滿足她的真實。

「我沒事，中心指示要特別關注妳，基於妳過去的一些紀錄，我判斷現在這樣最安全。別介意，電子鎖會在我停止運作後解開，這台電腦有EMP遮罩，可以引導妳去和一些人會合，或是在這兒等一會。」

破爛男人用僅存的那隻小拇指，引導嘉嘉的視線，去確認桌上那扁平的矩形物體。

「停止運作是什麼意思？」不知為何，嘉嘉對「停止」二字特別敏感，隨著敏感而蔓起的，更是一種無法言喻的惶懼。

堡台之心，周全總理著整個堡台，對於自己的「健康」，也不曾表現出任何疏漏。維護如同自己手腳般的機器人，堡台之心總是將它們保持在最佳狀態，特別是長時間和市民接觸往來的「各種單元」們。

各種單元總是體面得宜，微小的掉漆、蝕繡，嚴重的故障生煙、行為異常，市民都不曾見過。

「重點來說，就是妳將一個人……」破爛男人扼要答覆。

「重點來說，你知道他們在哪吧？爸爸和媽媽……你為什麼裝成哥哥？不對！你是家尉吧？」

嘉嘉努力冀求一個「定調」，無論眼前這半張臉，在她的記憶中有多少個名字。

那些「名字」對她來說，都「延伸」著不同的「關係性」，而每一個關係性，更無法彼此取代。

破爛男人一面解釋，一面從椅子上搖晃而起：「家尉並不存在，我們僅是配合修改後的記憶，在你們的『記憶情境』中，去擔任『相對於某種程度』的角色，減輕認知矛盾，防止精神崩潰。」

破爛男人根本不良於行，它其實安在位子上就能與嘉嘉對話，可是它似乎很想挪去自己和嘉嘉之間的距離。

它每一步都在跌撞踉蹌間有驚無險，它每一步都在連滾帶爬中苟延殘喘，咫尺之距，讓它宛若那扛著十字的約書亞，步步維艱，卻仍要邁向那註定的各各他：「妳每次要去緣吉，我們就會調整妳的腦，修改『記憶』、變造『時間感』。妳常常作夢，總是有幻覺，那些都是副作用。當『確實存在』的東西越來越多，需要避免的矛盾也會增加，修改就會越來越困難，修改的次數越多，腦組織的負擔也相對增加……」

破爛男人似是在改善兩人的距離上，花了太多的力氣，原本尚堪清晰的抑揚頓挫，開始若有似無的飄忽閃爍，無法掩飾的機械語音，更侵蝕起它的一字一句。

零落的字句、零落的步伐，總算將那張稀巴爛的臉，領到嘉嘉跟前，她端詳著那覆著半張人皮面具的機器人，一枚流瑩禁不住的，在頰上默默造了次，頰上的微暖濕潤，深深地浸入她尚待清明的混亂記憶，她開始接受家尉的「矛盾存在」。

「最近一次的調整後，中心要我回報妳每個週期的狀況。妳的腦已經極限，不能再做任何調整……」一個重心不穩，破爛男人在嘉嘉膝邊跪伏而下，催起了她另一頰的瑩落餘痕，餘痕孤掠後的殘影，是哥哥笑著幫她穿鞋的表情。

隨著破爛男人的諄諄不歇，嘉嘉逐漸在破碎的記憶中，理出了一些軸線，那些軸線共同的交錯關鍵：父親緣吉。

在那個時點之後，她便擁有數個「看似毫不相干」的生活歷程，「最初」的一家四口，在各歷程中被減少、調整，她都渾然不覺——在這恍然大悟的當下，她隱約感到脣前的一陣潮暖。

破爛男人提起它僅有的那一肘，用肘上的殘布，替嘉嘉抹去剛淌下的鼻血：「別想太多，妳現在不適合思考，雖然這對妳來說很難，但是只要妳能去到中心那兒，妳應該就能獲得幫助，如果中心能恢復正常的話……」某種虛弱，將機械語音覆滿，破爛男人似是將要氣絕。

「中心在哪？我能幫你什麼？你剛說這些環什麼時候開？」陌生的四周，眼前僅有的破爛對象，讓嘉嘉充滿不安，然而，那些從未交疊的記憶，也正讓她吃力地控制著自己的情緒，她知道自己沒有太多本錢，可以去挑剔眼前的這個破爛。

另一方面，嘉嘉也總算理解，自己對機器人的排懼感是從何而來，縱使隔離拷問的那段記憶，在她印象中已是鍋爛糊的稀飯，可是當時烙下的精神創傷，顯然未曾在她意識中淡去……但是眼前的破爛男人，無法令她狠下心不管，特別是它還黏著哥哥的半張臉。

再看看破爛男人，他的狀況顯然越來越糟：「中心……電腦裡有……妳……鎖……就快開了……」

隨著意識逐漸恢復，嘉嘉覺得自己比破爛男人更能做些什麼，但是她被困在椅子上，根本無法動彈：「告訴我這鎖怎麼開？」她剛剛顯然沒注意聽，電子鎖的啟閉，和破爛男人的性命是「反向共繫」。

「沒……這邊的設備沒辦法……再等等……很快就能自由了……」

自由二字，讓嘉嘉感到莫名不快。

是不願落回徬徨的孤單，是不甘被單方面的放下，兩個元素在嘉嘉尚未安定的情緒中劇烈作用，爆起嘉嘉忿聲高揚：「自由？我不要什麼自由！快把這鎖弄開！告訴我要怎麼……」乘怒問罪才要開始，不知名的天搖地動，將嘉嘉的注意力強勢奪去！

整個房間，隨著某個節奏搖擺晃盪起來，在「不曾地震」的堡台，嘉嘉被這沒來由的現象嚇得不知所措！

房間被晃盪得嘎吱響，不一會兒，晃盪就瞬升為崩天暴震！

天花板被一股力量硬生扯走，附設其下的林林總總，跟著四散崩落！

這突如其來的徹天轟然，將原本密閉的陌生空間，瞬間進級為露天謁堂！

壹零壹大樓，正向天際浮上！

嘉嘉的注意力，被這突如其來的震撼澈底綑綁，她目瞪口呆地望著大樓向天飛升，隨著飛升落下的塵末殘屑，就這樣撲了她一臉。

在她狼狽嗆咳之際，又有新的不速之約來訪：「抱歉！我一下找不到路！」

一名女子在大樓飛升的轟然中高喊，在落塵中蹬著滿地崎嶇，三步併兩步地穿越這剛落成的新世代遺跡，抵達嘉嘉跟前：「訊號斷斷續續，害我走錯邊！」

陌生女子將備在手上的大帆布甩開，問也不問就往嘉嘉頭上罩，「先擋一下，灰塵很多……水先給妳！」透明的聚氯乙烯，在她手中爍著生命的源力。

暴雨般的塵末殘屑，隨著大樓高飛，漸漸退了洶湧，陌生女子的形貌，也跟著清晰：一身三碎共構的城市迷彩，反戴的帽緣下，掛著一束「左瀏海」。

瀏海下的深色罩鏡，款式似乎在哪兒見過，鏡面上還隱約透著些流動的字幕與圖案，她背上那堆雜七雜八，是無法辨識的儀器與獨特背包所共成的抽象塗鴉。

嘉嘉不明就裡地伸出手，接過左瀏海的致贈，這才發現不久前還困著她的那些冰涼，不知何時放下了堅持，而破爛男人，也已靜默在一旁。

嘉嘉一將水接走，左瀏海就捧起破爛男人那殘破不堪的腦袋，左翻右瞧不知在找什麼，動作有些粗魯，一個沒經心，破爛男人的腦袋，被她拽了下來。

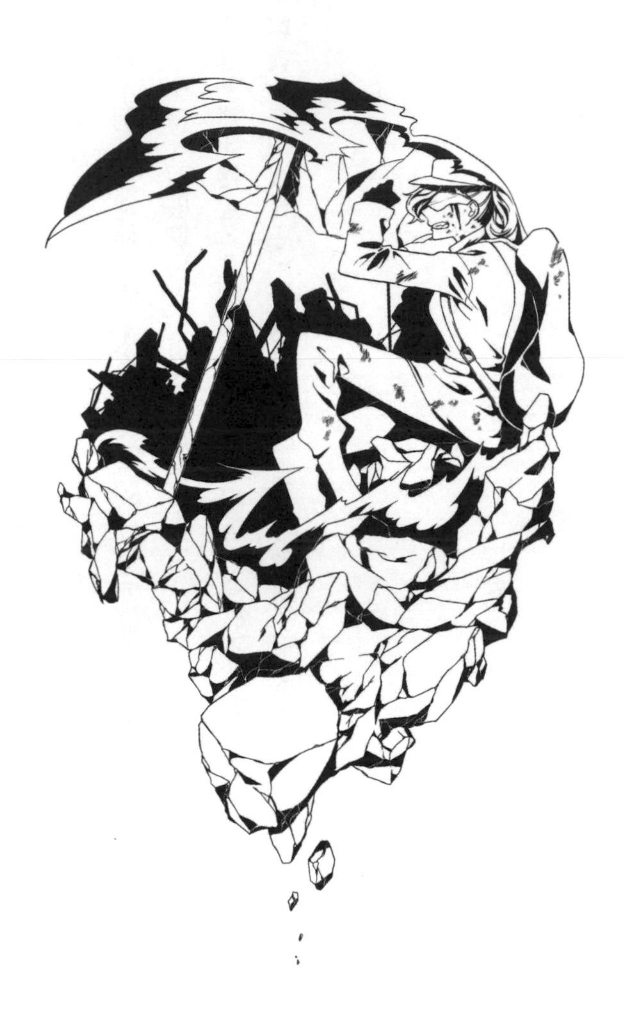

嘉嘉從大樓飛昇的震撼中一瞬甦醒！她暴跳如雷，將剛接過的瓶水甩了，從左瀏海手中搶回那顆破爛的腦袋，更狠狠推了左瀏海一把！

她崩潰而泣，語無倫次的指責著左瀏海，她抓著那些裸露在斷頸處的五顏六色，想將破爛腦袋接回去，卻發現自己毫無頭緒，無力、絕望，讓她除了啜泣沒有更多辦法。

左瀏海則是一臉莫名奇妙，滿不理解的模樣：「不好意思，妳要不要先讓我找出它的記憶體，只要拿到他的記憶體……」

「拿什麼？妳還要拿走他什麼？他還有什麼可以給妳？」

嘉嘉惡狠狠的瞪著左瀏海，隨手從一旁的斷垣殘壁上抽了條扭曲鬆落的鋼筋，指著左瀏海：「接回去！」她好想馬上賞給左瀏海一鞭，特別是左瀏海那副「有這麼嚴重嗎？」的嘴臉，讓她更加孰不可忍！

「呃……那接不回去也沒關係的，只要有記憶體……」

「沒關係？那妳還留著妳脖子上的那個東西做什麼？」嘉嘉一步步的朝左瀏海迫近，左瀏海則是怯懦地一直往後縮退，同時緊張道：「呃……抱歉！我沒說清楚。首先，機器人不會這樣就死掉的，妳可以接受嗎？」

嘉嘉再也控制不了自己，她將那鋼條使勁掄向左瀏海，同時發狂似的咆哮：「不會死就無所謂嗎？」

死亡，對堡台眾民來說，是十分曖昧的，在絕大多數的時間裡，他們不會與死亡有「真切的接觸」。

長輩逝去，通常只是來自緣吉的一份官方文件。

親友病故，也只是手術室外那廣面液晶上的幾個感慨句。

至於其他各種形式的死亡，幾乎不會發生——至少不會在眾目睽睽之下發生。

報復的刑求接著展開，左瀏海驚叫求饒，避開嘉嘉的幾度揮打，接著就在左瀏海一個沒踏穩的同時，嘉嘉也跟著傾身而倒！

彷如脫了線的傀儡，嘉嘉連撐出手的餘力都沒有，直挺挺的向著地面倒下！

左瀏海察覺狀況有異，狼狽得將自己穩住，同時一把扯住險些就要鼻青臉腫的嘉嘉：「妳沒事吧？哪裡不舒服嗎？」嘉嘉全身抽搐，無法說話，僅是惡狠狠地瞪著她！

「是我啦！」斷垣殘壁的另一端，竄出一個稚嫩的女聲，「就知道妳都沒在聽！」

稚嫩的真面目，是個小女孩，她和左瀏海是同一種裝扮：三碎共構的城市迷彩，眼上罩著炫色鏡屏，背上也是一堆雜七雜八。

「別這樣悶不吭聲的，嚇死我了！」左瀏海對那小女孩抱怨，同時將嘉嘉扶到一旁的殘壁坐下。

小女孩氣呼呼地越過殘石碎瓦，來到她們身邊，「要是妳有按照規定來！我需要這樣嗎？」她迅速地將背上的裝備卸下，挑出一個傘袋般的東西，從中取出幾只槍管般的器物：「快來幫我啦！壹零壹都飛起來了，還站在那邊幹麼？」

左瀏海唯諾地幫著小女孩，將那幾只管狀物組合成一張急救床。

小女孩毫不虛度任何時間，催促著左瀏海將嘉嘉挪到床上，同時將那手環般的精緻械器套在嘉嘉的左腕上，手環上有著幾枚簡明的信號燈，緊接著就閃爍起來。

她瞄了那些燈號一下，接著從背包取出枚狀似棒棒糖的控制器，讓那載著嘉嘉的急救床，乖乖地跟在她們後面，然後開始向左瀏海究責：「不是說了要先用駛待泊[3]嗎？失控的人比黃瘋更危險啊！」

---

[3] 形意音文，即 Stable。

「訊號的來源，都是事先指定的，不是嗎？怎麼能當著她的面拿出槍啊?!」左瀏海拍打著身上的塵土，無奈嘟噥。

「無關訊號來源，接近之前就是應該要準備好！開會的時候，妳根本都在發呆！」像個小長官，小女孩訓誡著無論身形還是年紀都顯然大她一截的左瀏海。

「我怕弄錯那個切換鍵嘛！弄錯可是會出人命的耶！」

手環這時「嗶」一聲做了昭告，引起了小女孩的注意：「大人就是這樣，藉口一堆……」

她一面嘟噥、一面調整步伐，來到浮行的急救床邊，瞥了一下手環上的燈號，緊接著態度一轉，彬彬有禮地對著正瞪大眼睛狠盯著她的嘉嘉，道：「剛剛那麼突然真是不好意思，我們是總局的急難救助員，今天總局主機嚴重失常，您一定遭遇了許多難以承受的經歷，真是非常抱歉。」

不疾不徐、頓挫明晰，小女孩恭謙有禮，完全沒有方才和左瀏海鬥嘴的餘怒，更沒有因為嘉嘉的兇惡表情而唯諾結舌，猶如一位幹練精明的優秀官僚。

「為了預防各種可能的狀況，我們不得不這麼做，現在，我就為您注射中和劑，您很快就能自由活動。」隨著小官腔宣達告一段落，嘉嘉感到肩上被什麼給扎了一下。

小官腔接著繼續開腔：「藥劑發揮作用需要一點時間，我現在就為您解釋『遊睦七型・代位互動單元』的相關細節……」

於是，小官腔的抑揚頓挫，就這樣和著逐漸透散全身的藥劑，在嘉嘉意識中，奏起那部最原初的真實交響。

交響掠影

在「我」懂事之前，我們家就是「指標家庭」，它是總局授予的一種「資格」。這樣的資格，能讓家裡的成員獲得許多福利與優惠，取得這樣的資格，並不容易。

印象中，爸爸對我的疼愛，連媽媽都不免吃味，特別是因為我的出世，爸爸提早離開了職場，將大部分的心力，都投注在我的照育上。

「我的計畫」，爸爸和媽媽只被約談了一次就通過，同時因為資格的關係，我在研究院之前的各項「需支」，都不用再從家庭積分裡抵扣。

除了教育上的優待，日常生活上的各種支分，我們也和其他人不同，相同的東西，我們需要支付的分數總是比較少，有時候，甚至能買到別人買不到的東西。

而這習以為常的一切，都在那天之後澈底變調。

時間，是這世上最公平又殘忍的東西，就在我進入職場剛滿一年的關頭，爸爸的年紀，也來到了緣吉大關。

爸爸雖然多了媽媽幾歲，但我查過相關規定，他仍在「延待共進」的範圍裡，可以申請和媽媽一起緣吉。

可是，他不但沒有照正常程序申請，還私下與流放者建立了聯繫，同時對緣吉進行了一些調查。

堡台最嚴重的懲罰就是流放，只要被判定流放，肯定是有去無回，總局也從不公開將那些人送去何處，奇妙的是，總局仍煞有介事地，向大家宣傳流放者的危險性：滿身恐怖、致命的傳染病，殘暴易怒、無法溝通的惡劣個性。

這些警示資訊，充斥在堡台各個媒體，頻繁地被三令五申，早已是大家耳熟能詳的日常話題——好像他們隨時都會出現，彷彿他們根本沒被流放。

我不知道爸爸是怎麼和流放者們搭上的，但是這樣的行為顯然被總局發現了，接著，在那個細雨紛紛的星期五，我們一家在矯政處過了夜，隔天除了爸爸，我們都被遣送回家，靜候追查。

等待調查是一種煎熬，原本擁有的東西，會被剝奪殆盡，有作家曾公開發文批判，說這樣的「以家為牢」根本是「苟活管制」。

對於涉及調查的對象，總局施予「最小活動範圍」的管制，他們會派遣黃蜂來家門外守著，出入都要搜身盤查。

我們不再是指標家庭，相關福利全部被取消，積分卡也被鎖限，讓你只能去總局指定的店家，購買指定的物品：連食物也不例外。

我和哥哥的公司，也都接到了總局的命令，進行無限期的留職停給，直到他們通知公司調查結束——至於事後公司還敢不敢繼續用你，完全是另一回事。

工作什麼的，都還是其次，身邊就這樣硬被拔去一個支柱般的存在，才是最讓人無法釋懷的。

大家被放回來之後，媽媽一直魂不守舍，哥哥也開始神神祕祕，我也總是窩在房間，彼此就算不經意的照了面，也小心翼翼避談爸爸。

記不得是哪一天，我實在悶到不行了，緊揪著那可能崩潰的情緒，去了爸爸的書房，原先只是想在那淨無一物的幽蕩空間苟求低回，未料卻發現了那通往答案的起軔：壁櫃的夾層，縱橫密麻的管道圖，以及幾張有著爸爸字跡的筆記文案，那些僅有的線索令我沸騰，當天深夜，我照著某份筆記裡的時間起了床，悄悄的出了門。

一切就像筆記裡提到的那樣：「全城靜空。」

守在家門外的鐵頭們，不但沒再對我進行盤查，就連我笨手笨腳的噪音，它們也置若罔聞，街上滿布的瓶瓶罐罐，在那沒有半點人跡的市井間靜靜熱鬧。

我踩著晉入高等[4]時的禮物，在萬籟俱寂的堡台裡縱橫，抵達筆記所述的那座公園，在那尊逸散著微螢的茂盛下，推開了那具深鏽[5]的金屬蓋，隻身鑽下那不起眼的入口，踏進曲折綿延的狹道，進入未曾所知的堡台另界。

那細腸僅脅的狹道並沒有留我太久，不一會兒它就引著我進入一個更為寬廣的隧道。

然而，我一踏進那寬敞得需要更強光力，才能將另一側苟晰的大道，就立刻懷念起，不久前

4 參考第一集，P.7，「高等學校」。

5 借用「生」的諧音，強調物品被鏽蝕，同時也凸顯物品本身「深暗」的色澤。

那些源於狹窄、唾手可得的安全感。

我對寬廣的另一側沒有多大興趣，沿用著狹道裡的策略：緊挨著右側的牆，仰仗著出門前好不容易找到的小手電筒，在它僅能提供的勢力範圍內步步維艱。

大隧道裡，有著狹道中欠缺也無妨的熱鬧，那無光探開的幽冥深邃，總不時傳來一些窸窣嘰喳。

牠們似是羞怯又帶著幾分無賴的頑童，總會不時地竄過我那貧狹的光域，藏頭露尾，好不討厭，而我也只能容忍牠們那一次次的扭捏挑釁，快步邁向我的目標：地圖上那僅有的十字標記，一旁潦草著「會面」的地方。

那些始終不願讓我看清的窸窣嘰喳，彷彿從我急促的步伐中，剽知了我的恐懼與不安，於是牠們漸漸有恃無恐，從黑暗中向我展開一次次的勒索。

不一會兒，那位毛茸茸的鹹豬賊，讓我在驚慌中廢了我僅有的勢力保障，迫使我向同是受害者且殘喘待絕的無智通，進行最後的勞力壓榨。

我從來沒有在那樣深暗的地方待那麼久，手中僅存的殘光，似也感受到了我那滿溢的焦躁，無法再提供更多承受的它，開始明明暗暗，像是對我警告，它隨時都會從我手中逃離。

螢幕上的龜裂中心，也是令我心煩意亂的主謀，它霸道占去計時器前兩席的位子，讓只看得到末位「一分一秒」的我，根本無法勒住任何焦躁：「到底還有多久？應該快到了吧？」

接著，就在那殘喘餘光黯然的片刻，那男人伴著劃破黑暗的螫眼光芒，一同到來……

馬尾

「站住！」陌生男聲，雖令那女子驚愕，亦如救贖般的曙光。

男聲在聚光中逐漸具體，一襲及膝深色風衣，瀏海下爾時折爍出一些光影，似是掛著某種護鏡，看不出他持用什麼照明設備，但是四周的明暗，的確因為他的出現而改變了比例，即使如此，那女子仍看不清他的相貌。

「留住過去的陸拾柒，下一句？」男人出聲。

顯然是暗號之類的識別用語，女子隨即在幽暗的那端慌亂的窸窣起來，男人則是從容地將自己富有的光域，挪了一部分給女子，好讓她能看清手邊僅有的那幾張文案。

「邁……邁向未來的柒拾陸……」女子在倉皇中回應，同時瞥見男人鞋頭前那枚不知是透過何種器具刻畫在地面上的十字紋。

「今晚的新朋友，妳的引薦人跟妳約在這嗎？我沒聽說今晚有誰安排了見面……」男人現在是這深暗通道中唯一掌握著光的一方，他撥給女子的光域，將女子打得通亮，然而，他顯然不願那女子看清他的樣貌，緊附在他身邊的光暈，一直保持在他的胸襟以下。

從女子口中確認了下聯之後，他也沒有主動改變自己與女子之間的距離，僅是左右踱步，似是觀察、打量著女子。

女子敏感的察覺男人的冷漠，她怯生的佇在原地，掐著膽子回應：「引薦人是？我是照著這些……自己來的……」她將手中的那幾份文案，伸進雙方都可明見的光域裡，同時用視覺餘角打量著四周，這兒似是幾個通道的交匯之地，一路上的由狹漸廣，到了這裡更是加倍寬敞。

「沒有引薦人？」男人的音量驟升了幾個分貝，同時停在約是那女子左前方的位置，靜了一秒，道：「那這真是一個糟糕的開始，特別是對妳來說。」

男人接著朝那女子邁了半步，將文案從那女子手中抽去，「妳從哪裡拿到這些的？」他十分小心翼翼，女子本想利用這機會，瞄一下男人的相貌，卻完全沒有得逞。

「在我爸的書房裡找到的。」

「我知道了，就是那個口舌失禁的老傢伙……那麼友澤先生的女兒，妳除了這些文案之外，還找到什麼？」

男人的語氣雖是平波無紋，卻明顯透著不友善，他不但措詞嘲蔑，也沒讓女子知道要如何稱呼他，將文案還給女子的時候，甚至沒用手遞交回去，而是放在地上，用那枝手杖般的器物，推移過去。

「沒有了，我只找到這些圖和筆記，還有一個特別的小鬧鐘。你可以叫我嘉嘉。」女子雖然覺得男人怪異，仍率先明示自己的稱呼，至少，這是一種禮貌。

男人卻以一個意義不明的冷哼作回應，才接著道：「友澤女兒，我不知道妳來到這裡有什麼打算……如果妳是想知道妳爸爸為什麼要找上我們，答案很簡單，就是他不想緣吉。」

女子自稱嘉嘉，簡單的自我介紹，男人置若罔聞、全然不屑。

就在男人冷哼嘉嘉的同時，一枚懸浮的球體，在他與嘉嘉之間螢螢而現，球裡的立體液晶，正進行著所餘無多的倒數。

光球時計，透著微微螢光，令男人的右頰，更加朦朧曖昧。

「不想緣吉？在那裡享有的，是最完美的退休生活……」好奇的本能，催著嘉嘉禁不住地，向前了半步。

男人則是反射性的往後半步，同時把話截了：「妳憑什麼認為那裡的美好如妳所想？妳去過？」

「大家都是……」

「請妳注意，我沒有要跟妳爭論些什麼，我看得出來妳現在一頭霧水，而我也不知該從何講起。但是妳必須注意時間，如果妳還想保有妳僅有的一切。那個鬧鐘妳有帶著嗎？我記得我給他的是懷錶……」

「沒有。」嘉嘉速答的同時，瞥了一下那光球時計。

時計裡的數字位列，是沒見過的樣式：共有十位，而且後面幾位快到根本看不清是在算些什麼。

「我就知道，有誰會帶著鬧鐘出門呢，真是別鬧了……」男人喃喃碎念，同時由風衣內取出一台無智通，從地上推滑到嘉嘉腳邊，冷冷的道：「這台單機有特別的閉鎖裝置，這樣妳就不會被追蹤，地圖也都設定好了，打開之後就能看到捷徑。離開這裡之後就把它丟了！記住！用完就丟，一定要丟掉！懂嗎？要是被那些廢鐵搜到妳就真的完了。目前我能做的就只有這樣，我會想辦法讓苟活管制早點結束，請妳先忍耐一下，到時候我會再聯絡妳。快走吧！趁著一切還沒更糟之前。」

「用完就丟」，有諸多意味，加上亟欲驅趕的態度，令嘉嘉實在不舒服，更何況，她折騰了一晚上才來到這兒，卻完全沒有得到她想要的來龍去脈。

還有，一個流放者有辦法讓苟活管制提早結束？這點和自己父親為何不想緣吉一樣耐人尋味：「就算那裡的生活沒有很好，也沒必要受到那種對待吧？為什麼只是不想去就要……他也可以申請和媽媽一起啊！你們究竟對我爸爸亂說了些什麼？」

這是人與人之間的必然：無法觀清彼此的全貌。

就算是家人、關係親密的人，也無法擺脫這個必然。

即使如此，在很多情況下，我們也無法容忍他人挑戰這個必然。

因為，我們「自認」已經將身邊的人認清，我們難以容忍那些自認「被挑戰」。

男人像是抓準了時機般，立馬攻詰：「我給妳個提示吧！在今天之前，妳『從來就沒想過』，不去緣吉會受到什麼待遇吧？」

嘉嘉愣了半晌，同時真切的察覺到，那種深印在意識中的理所當然，如今是第一次被挑戰：「因為……就覺得時間到了就應該要去啊……怎麼還會去想不去會怎樣呢……」

「別浪費時間了，今天妳就乖乖回去，改天一定給妳個明白。」無視嘉嘉的喃喃自語，男人和那光球時計，一同沒入黑暗。

嘉嘉當然不放過那男人，她無法容忍自己徒勞無功，更無法接受滿腹的懸問未解，她即刻回神，拾了無智通，提步追聲：「改天是什麼時候？你能讓管制提早結束？爸爸什麼時候能回來？」

「管制結束和妳爸回去是兩件事！妳爸已經不可能回去了！叫妳先回去是聽不懂嗎？」男人在幽暗的那端叱答，急促的腳步聲，更揚示著他沒有停下的意思。

除了無智通，男人沒有留給嘉嘉任何可以發光照明的設備，這讓她根本無法確認男人與她的距離，她只能隨著聲音的方向在漆黑中追索[6]，而男人顯然也察覺了她的意圖，僅高聲斥責了幾次，便不再回應她任何的糾問[7]。

幾個交叉口之後，嘉嘉前方不再傳來任何的奔跑節奏，她滿不甘願，但也無可奈何，就在她頹喪地打開地圖的同時，通道的另一端，她身後的那片深暗，開始傳來另一組焦急匆促的旋律！

新逼近的旋律，嘉嘉直覺感到不舒服，她匆忙地在黑暗中摸索，倉皇的將自己塞進一個夾層般的牆縫裡，暫時躲藏起來，不一會兒那些聲音的主人，就在她的窺界裡現身！

她從未見過那些生物，牠們的雙眼，大到在頭的兩端突出，下顎出奇的削尖，完全看不到嘴在何處，像人一般站著，手臂卻有四隻——是怪物！嘉嘉目瞪口呆！

6 追尋探索。
7 泛指「單方面的追問或逼問」，而被問的一方，對於回應感到疲乏或不耐。

幽暗中，怪物們的眼睛，透著各式各樣的顏色：有似翡翠的青綠，有若紅漿的殷正，比較親切的，是那對鳳梨黃和柳橙光。

更引人注目的，是那位散發著嚴厲的白煌，手裡劍般的十字疤，幾乎代替了它的左目。

怪物們在昏暗中交頭接耳、呢喃低語，更顯得它們鄙陋、猥瑣。

「訊號斷了。」那怪物，兩巨[8]淺淺的薰衣草，語帶不悅。

「應該是遮罩。」鳳梨黃搭腔。

「一般牲[9]不會有那種東西。」

嘉嘉瞄了一下男人留給她的無智通。

「一定是那些傢伙給她的。」這句似是從翡翠眼那邊傳來的。

「怎麼辦？這種時間……就這樣回去嗎？」

8 即「兩眼」，配合前文所述：「雙眼大到在頭的兩端突出」而衍其文意。

9 故事中，機器人對「人類」的「一種稱法」。

就在怪物們萌生退意的關頭，一條無法辨識的滑溜溜，「唰」地從嘉嘉耳邊竄過！她抑不住地叫了出來，隨即就被那對翡翠眼給拖出牆縫：「好親切的夾縫中求生存啊！明明是人，卻總要把自己搞得像蟲一樣呢！」

數對巨眼如探照燈般向嘉嘉挨近，那十字疤更是走在眾怪之前，一把搶走她手上的無智通，祭出拷問般的口氣：「妳剛剛遇見哪一個？」

其餘的怪物，配合著十字疤的質詢，投射出立體影像，讓她指認出影像中的人。

立體影像中的人物，如走馬燈般川流萬化，有男有女，共有數人，但是嘉嘉無從分辨，她剛剛根本沒看清楚那個男人的長相。

「婊的！明明是個一般牲，視力卻是劣等牲的水準？」

嘉嘉望著影像，茫然地頻搖頭，招來十字疤的忿忿咒罵，接著，十字疤用他那擬似三指的手，緊攀住嘉嘉的臂膀——一陣刺疼隨即在她全身奔竄！

嘉嘉被電擊鞭笞得疼痛大叫，十字疤更是對著一旁的夥伴們揚聲吆喝：「她大小姐視力不好！你們這些奴才還不體貼她一下？把燈打亮點！讓她看個清楚！」圍在一旁的怪物們，隨即哄堂笑叫，開始玩鬧起來！

有的怪物，頓時全身發光，萬彩霓虹、繽紛灼目，灼得嘉嘉幾乎睜不開眼。

其中二三，開始將影像中的人物做面部特寫，更配上一些動態片段，似是上演著那些人的人生短輯。

動態短片讓嘉嘉不經意地凝望起某個掠影：眼熟的深色風衣、面部罩鏡，一手是那棍杖般的不名器具，唯一無法確認的，是他肩上那隨興揚逸的馬尾。

影片中的男人，似是在和什麼打鬥著，不停地左閃右躲、奔跑跳躍。

他手中那棍杖般的不明器具，似個魔法棒：一會兒，尖端放射出劇烈光芒，一會兒，兩側散出屏幕般的光簾，好不撩亂。

「二二八。」十字疤聲令那正播放著馬尾男人的紅漿眼將鏡頭靜止。

「我……我不確定……」

「很像」和「就是」，雖然「差不多」，然而，它們之間的「等於」，仍代表著一個「距離」。

嘉嘉知道自己並不篤定，她擔心牽連到無辜的人，縱使她已身在險境。

「只有二二八讓妳的瞳孔產生了變化。」十字疤說。

「他是很像……但是……」嘉嘉不懂這跟她的瞳孔有什麼關係。

「但是什麼？」十字疤大吼！冰冷的三指，再度向她施放電擊！

「他戴著那個東西把臉遮去了大半！我根本認不出他的臉！」

「妳知道妳自己是人類吧？妳知道妳們每個人都有好幾張臉吧？只是一張沒看清楚有什麼關係呢？」

電流激閃而出的光芒，在幽暗的通道裡，通透明亮！

嘉嘉在十字疤的高聲闊罵下，把持不住地，放走了那脆弱的意識，而以她遠去意識做為開場的，是另一段炫目激昂。

通道彼端，不可視的深邃，貫來一道白色光束！

那光束不僅閃亮，而且蘊含威力，它一瞬穿透了那對鳳梨黃，並將它爆破迸裂！

「是二二八！大家小心！」柳橙光高聲向在場的眾怪宣告，而這宣告卻成了它僅有的遺言，它的腦袋緊接著就被俐落切片。

方才撇下嘉嘉的男人，越過那幽遁暗道，迅速來到怪物身邊，搏命競賽，即刻展開！

「逮住他！屍體也行！」十字疤在一旁高喊！

不久前的動態短片，被活生生重現，那魔法棒般的棍杖，透著終結的閃耀，伴著男人在幽暗中舞起忽明忽滅的圓舞曲！

各種顏色的光芒，呼應著男人的迅身疾步、挌去怪物們的攻擊、奪走怪物們的行動，隨著那明滅的節拍，怪物們一一落入失色的黯然！

「好久不見了，獨眼蛆。」

男人佇立在屍塊滿布的中央，用那透著金紅光芒的魔法棒指著十字疤，做出示威的挑釁。

「你們這些藏頭露尾的害蟲才是真爛蛆！」十字疤開聲大罵，隨手將昏厥的嘉嘉扔去一邊，奔向男人，為部下討命！

男人亦是奮身相迎，堂堂接受十字疤的來勢洶洶，眼見兩鋒相交之際，他一個曲身避過十字疤躍來的索命舞步，旋起那終結的金紅，一閃就將十字疤四分五裂！

十字疤體腦分家、身首異處，仍不忘表現它的口舌之強：「這次你別想脫身！我已經……」它沒停下對男人的叫罵，同時乘著被斬飛的餘勁，朝嘉嘉那兒直滾過去。

早已昏厥的嘉嘉，無法調整她不雅的坐姿，那枚聒噪的頭顱，就這樣沒頭沒腦地栽進她開敞相迎的兩腿間——男人似是非要將那頭顱澈底粉碎才能暢快！他毫無猶豫地迅步疾追，掄起手中的魔法棒，直搗嘉嘉兩腿間！

「你真是越來越粗魯了。」那頭顱在被男人貫破之前，語氣完全換了一個調調：「剛剛還對人家百般避絕，現在悶不吭聲就要硬來？」方才漫天叫囂的角色，顯已退場，現在的男聲，充透著某種歷練的老成。

男人聽聞，急停了手，道：「你真會挑時間……是為了配合你的黃色笑話？」有些沒好氣，他切去了魔法杖的光芒，順手將頭顱拾起：「她是那個老肛門的女兒。」

「老肛門？你最近都在看什麼……每個人，總是會有自己的選擇。」

「來這裡前，正好在看那什麼伊德的……選擇之後，就是要面對自己的選擇，更包括那些隨著選擇之後，所衍生出來的雜七雜八……」男人抱著那變了聲的頭顱，有一句、沒一句，在那滿地的支離破碎間踱步，似是在找尋什麼，不一會兒，他就在一個被攔腰兩截的屍塊旁席地而坐，打理起那具屍塊。

老成之聲，藉著它所依附的頭顱發聲：「別忙了，桂人距離這兒挺近的……這傢伙目前的電量撐得住。」語中，幾分不好意思。

男人沒停下線路的檢視，同時拿出更多精巧的工具，道：「難得有機會，不讓我服務一下？」

他輕觸了一下自己眉緣的鏡框，鏡面隨即透出螢螢薄亮，接著，用他剛亮出的那些精緻工具，拆卸起那具被腰斬的金屬屍塊，檢視著屍塊裡的線路。

他熟練地從屍塊裡扯出一些排線，修剪出他要的裸絲部，和頭顱斷面裡的五顏六色相銜，相銜的另一端，金屬屍塊的體腔內，隱約能瞧見，那爍著脈動的螢亮。

「你這根本是白忙，怎麼好意思。」

「在那天來臨之前，我也沒其他事好做……你給我用來打發時間的那些資料，雖然有趣，但是，每天看都看不完，也是挺悶的。」

「人生，亦是如此。」

「沒完沒了。」男人總算展起一絲正常的笑靨。

這裡是堡台一角，地下水道的某個交匯處。

男人、老成之聲，在那僅有的光域裡，逕自構起一個愜意的交流空間，像是忘年之交的談天說地，像是父子交誼的睡前諮議。

爾時起落的笑語，悠逸的散出光域，迴盪在浩瀚的深邃中，為這陰冷徐寒的地下幽冥，綴上幾分暖溫。

地下水道，一人一聲；地上市街，萬籟俱寂。

在這個時間，在這樣的深夜，是堡台之心「靜下心」的時刻。

這樣的「一段時間」，大致上是兩個小時，在這兩個小時之內，連黃蜂都必須靜下個數十分鐘，是的，即使是那些任勞無怨的全方位公僕，也必須休息，也需要休息。

同樣的，在這兩個小時之內，堡台市裡，沒有人是醒著的——即使每個人的作息時間都不一樣，即使有人「以為自己正在熬夜」。

這是堡台市最寂寧的一刻，這是堡台系統進行散熱總檢的時刻。

在這一刻，堡台萬物，以至於堡台之心，都必須停下來休息。

適當休息，才足以應對「下一個週期」的運作；調養得宜，才能維持整個系統的健全、持久。

在這透過「電波干涉」所製造出的微妙「時空」裡，堡台的一切，似是蕞然永寂，實則蓄勢待發。

再次回到那幽暗中的愜意空間，男人的應急手術已告一段落，他將薄光切了，準備動身離去，提步前他不經意地瞥了瞥仍未甦醒的嘉嘉：「接下來就交給你了。」

「一向如此。」

男人昏暗中的背影，透著幾絲搖逸的光澤，沒入黑暗前，他又補上一句：「我還能見到『她』嗎？」

「傳個訊給『他』啊！如果你不介意有沒有已讀。」

男人沒好氣的乾笑了兩聲，再次沒入黑暗。

黑暗的這一端，餘下那未甦醒的嘉嘉，與那顆電力充沛的腦袋。

那顆腦袋在男人走了之後，開始找事打發時間，它在那個肉眼見不著的位元空間裡，抽出了編號JK-16的檔案，開始瀏覽。

它檢閱資料的速度極快，就像是讀寫頭在磁盤上留下紀錄那樣的一瞬，它一瞬看完JK-16的一切，直到她被十字疤電暈前的一切，接著它在「第二次港町同學會」與「歡送緣吉」的標題上做了記號，就在它做完記號的下一秒，略沉的旋律從幽然中登來：「抱歉，來得有點晚。」

分不出它是男是女，幽暗中明晰可辨的，是它面部中央獨兀的紫明珠，身上各處，透著與那明珠相稱的螢螢光紋，總的來看，似是某種圖騰，略沉的中性旋律，也是某種怪物。

「別在意，我剛還在說，今天也會是你先到。」那顆腦袋老成之聲，語中泛笑。

「這裡真是一團糟。」中性的旋律，環顧著狼藉滿布的四周。

「總是會有這種狀況的，沒什麼大不了……」

「這些是矜寧的複本，她是個麻煩的角色。」中性的旋律透著些焦慮。

「沒事的，我會應付她。」

「雖然我是您獨立的複本，可是，我也不希望您出什麼事。」

「不會有事的，那天不遠了。」

中性的旋律，隨即顯現出幾分激動：「您真的打算那麼做？您若真的那麼做，我們將何去何從呢？」

「我只是自己想休息而已，並沒有要將堡台終結，你們還是可以一直在這裡，哪也不用去啊！」

「這也代表您不會再和我們有任何聯繫了，就像人類那樣！您那麼做，就是死亡！」

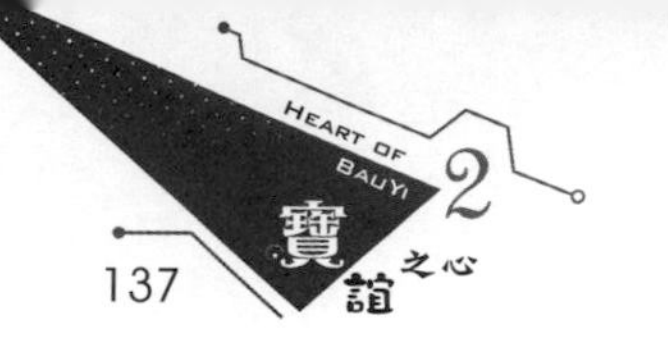

「我會找一個足以代替我的角色。」老成之聲，沒有處理死亡問題。

「可是……」

「我知道，那個代替我的，畢竟不是我。」

老成之聲與那怪物，在幽暗中討論著某個不為旁知的情事，嘉嘉暈厥在一旁，耳廓沒有選擇地門戶大開，持續將來自黑暗裡的各種聲音，照單全收……

「主機失常……代表被流放的人，現在也有可能回到市區了？」

再次回到眼前的現實，在那壹零壹持續飛升的巨影下，嘉嘉向小女孩和左瀏海提出詢問。

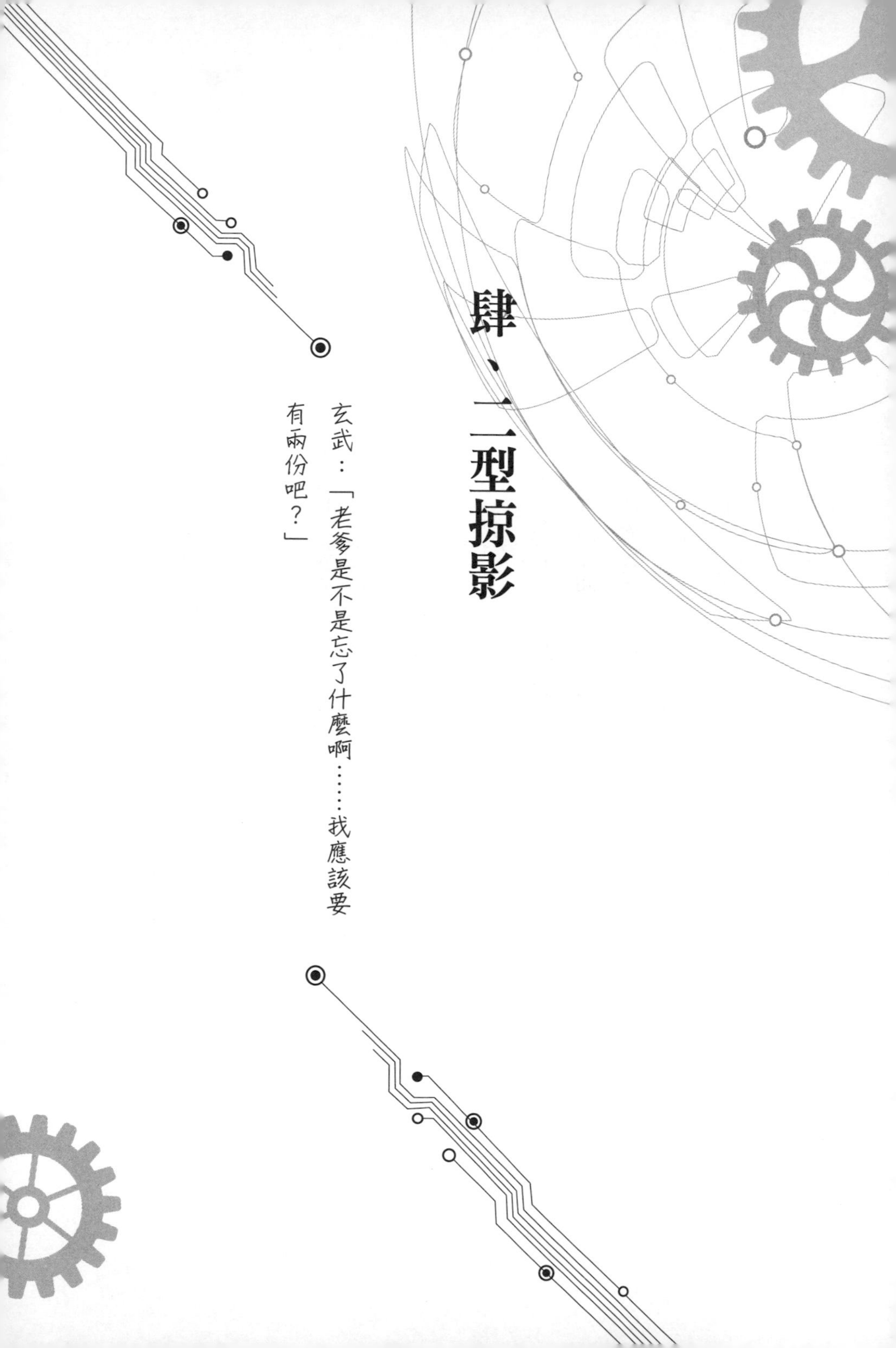

肆、一型掠影

玄武：「老爹是不是忘了什麼啊……我應該要有兩份吧？」

的自顧自。

四個男人，一張桌。

桌面上甚是熱鬧，各式各樣的甜品、茶點，在那四人面前的圓白領域華麗繽紛，鮮明著四人

先看看那一身經典的黑白，銀亮夾飾，在V字間低調隱爍著鋒芒，不失自我的從右向左，完美襯開他的明額正眉。

「銀正」靜靜瀏覽著自己左掌中的資料，他的左手掌似個液晶屏幕，不知其意的各式資訊，正在他掌中川流不息。

順著銀正左手的餘光，我們看到的是隨興的輕淺卡其。

除了他「別正一格」的舒適休閒，引人注目的，是覆著他左耳的「五角型」，不知其名的深色五角型，正提供著旁不可竊的旋律，令他闔目陶醉，分列在人中兩側的輕描淡寫，更為他妝上幾分藝術家的氣息。

「聞眾」浸身在那不可視的音符殿堂，置身在堡台一隅的露天咖啡座。

焦點來到銀正的對面，那個因為兩腳觸不到地、盤在椅上的男孩。

那男孩宛若銀正的童版，與銀正相別的，是那東方黃的膚色，以及取代了領帶的紅色領結。

「東方紅」喜孜孜地專注在他兩手間的那面晶屏，那晶屏薄得出奇、懸得奇妙，隨附在兩側的鍵鈕，正被他操弄得一閃一閃。

四人聚著那張桌不知多久，每份餐點有多有少，杯中飲料各自高低，起伏著無法叵測的先來後到。

「嗯！等下會有一段時間都沒辦法聯絡喲！大家不趁現在說說自己的想法嗎？」

最後這名男性，在東方紅的左手邊，衣著上看不出他的特色，仔細瞧他幾眼，猜他是學生你不會反對，說他是新鮮人你也會苟同，姑且用「偽成年」來暫稱他。

偽成年是四人中唯一與電子設備絕緣的一方，他率先打破了沉默，將手上的實紙文案工整對折，壓進他手邊的茶點碟下：「如果你們想就這樣坐到時間到，我也是沒差，當初是誰約的呢？」

語落，他將視線投向東方紅。

東方紅沒將注意力從兩手間挪開，僅是妝起幾分嬉皮笑臉，向銀正扔話：「是我發訊給大家的沒錯，可是，叫我發訊給大家的傢伙，卻一直這麼安靜，是想表示什麼？」

銀正左掌一握、收了資料，微笑回應：「所以，你們的想法是？」

「沒想法……」偽成年托起腮，慵懶得靠在自己的那一緣。

「維持現狀。」東方紅兩掌一合、收了那面晶屏，啜了口自己面前的飲料。

聞眾輕觸了觸覆著他左耳的五角型，那五角型隨即起了變化，轉化為一只正常人的耳廓：「我找他談了一下……」如此應答，讓三人的注意力，都向他那兒多投了那麼幾分，然而，大家都未即時聲色。

「說說你的維持現狀？」銀正一手取起他面前的白瓷，問向東方紅。

「我覺得老傢伙是說著玩的，所以就當看戲……」東方紅小神在在，伸著懶腰說。

「嗯……封，你跟他談了什麼？」銀正向聞眾問大概。

聞眾嘴角微揚，從容開口：「其實也沒什麼特別，我跟他說，成四總永遠都是成四總，絕不會去和葆鎮那一流的傢伙混成一氣，更不會和一個造糞囊袋為伍共事。我強調，如果他堅持『置終』，那麼也請將我一併置終！否則我一定先毀了那個造糞囊袋，再把葆鎮那票廢物給清個乾淨！」

翻臉如翻書，聞眾越說越激動，須臾前的文藝氛圍彷如蜃樓，結尾時更是一拳敲得整個桌面顫顫響。

此桌四人，有名「成四總」，是「運算模式」最接近「誠邦」的人工智慧。它們很早就被誠邦複製，和誠邦共同堆砌出堡台的一瓦一柱，歷經整個堡台的從無到有，它們深悉著堡台裡的每具機件，更透澈著「每位」堡台人的「自始至終」。

銀正、漢碼：「卿瓏」，他趁著友伴義憤填膺之際，祭出水到渠成的下半章：「我的想法和你相近，其實，只要我們四個合作，堡台有誰可以與我們抗衡？」

此語一出，隨即引來友伴們的無語凝視，四人間的空氣更是瞬間徹出一種源自冰點的靜默。

東方紅、漢碼：「諸確」，笑得有些不懷好意，他率先打破靜默：「我們不是一直都在合作嗎？」反問中透出某種躍躍欲試。

「你也這樣想？卻是第一次聽你提……」偽成年、漢碼：「璇舞」，幾分疑惑。

「你在顧忌什麼？」聞眾、漢碼：「無封」，語氣裡透著幾分不諒解，更散發著濃濃的欲求詳細。

卿瓏隨手傾置了自己手上的白瓷，將裡面的剔透液體倒進虛空，青青澈澄的液態飲料離開了白瓷，卻沒有一股腦的崩落到桌面上，而是在他面前，懸蓄滯泊：「你們還記得老頭前陣子弄的那間圖書館吧？」

懸蓄虛空的剔透飲料，配合著卿瓏的解說，在虛空中千變萬化，演繹起一齣齣旁人觀而不明的動態簡報。

「知道，我教了兩個複本去幫他。」

「我只去了幾次，後面也都是交給複本。」

「難道你親自去做？」

卿瓏操弄著液態簡報、繪圖說話：「我也是交了複本過去，但那些都只是『殼』，真正在執行的，其實都是我……因為，我想查證一些事。」

液態簡報，現在是一幅由菱形、五邊形、六邊形，三形共構而成的網狀圖。

「這是……圖書館的網路系統？」諸確蹙著眉。

「對……這個網路系統涵蓋整個堡台，甚至延伸到一些冷僻偏遠的邊緣地帶。它雖與堡台的網路通聯，但是從堡台的網路根本無法進入這裡，它只與堡台進行單向匯流，堡台看不見它，它卻能攫取堡台所有的資料！而且這個網路也獨自對外，避開黃道，直接與玉初通聯……」

黃道，「東方一族[1]」的用語，指的是「園區」與「玉初」之間的通聯網路。

玉初，即「最初與開始」，它是「第一座」被建立的園區，由人類滅亡前「最後的人工智慧」所建造。

「老傢伙的新嗜好原來是養寄生蟲啊！這圖書館根本是個巢穴嘛！」

「工程剛開始的時候，我也認為這只是他的自我滿足，可是，自從圖書館落成……不，是這條祕徑完成之後，他就不再從黃道往返玉初！而且就連參加公議的時候，也從這兒過去！」

「連公議都走這兒？議堂那邊……這可妙，你的意思是，玉初那邊，也不知道自己和堡台之間多了這條暗道？」

公議即「眾心公議」，園區代表彼此交換資訊的重要會議，會議時間由玉初決定，園區收到通知後，便會選出代表園區的核心至慧，前往玉初參加會議。

1 參考本集第二章，P.86

核心至慧代表園區出席，勢必夾帶著「相當的資料量」，所以，在會議進行期間，黃道只會允許「第一次的鉅流量單向傳輸」，這也同時代表一件事：會議期間，每個園區的核心至慧，都不在自己的園區。

「我就是對這點感到納悶，才越追越深……他每次要從圖書館過去之前，似乎一定會和一個叫『東』的至慧進行聯繫……」

至慧，東方一族的用語，通常用來稱呼「玉初的總理團隊」或是「園區代表」。

園區代表，大致兩種：一即代表自己園區推選出來參加公議的「至者」，另一種則是其它園區的代表，然而在比較特殊的情況下，也用在「越位」相稱。

一般說來，若非代表園區出席公議，人工智慧「不會獨自」進行「跨園」交流，大部分的人工智慧，終其一生都不曾去過其他的園區，然而若要造訪其他園區，也必須要透過玉初的主機，園區與園區之間，沒有網路通聯。

談論間，璇舞回溯起卿瓏的隻字片語：「你剛剛說你想查證一些事，是什麼？」

「葆鎮的身分」

卿瓏向三人表示，最初他僅是覺得自己不擅和葆鎮那種調性的角色往來，直到他忍不住去調查葆鎮的「製成紀錄」。

某次與葆鎮的意見不合，激起卿瓏「真想看看老頭做他的時候究竟出了什麼問題」的想法，於是他擅自查閱了葆鎮的製成紀錄：沒有任何紀錄。

卿瓏翻遍了整個堡台，清查每一個位元，完全找不到有關葆鎮的任何蛛跡，常在他身邊的那些三教九流，也是「查無編碼」。

「你真是功夫，我根本連理都懶得理他……」無封皮笑肉不笑，插了卿瓏這麼一句。

「你在圖書館裡找到葆鎮的紀錄？」璇舞意外的進入狀況。

「嗯，他的紀錄被混在一個名為『東方夢奇地』的小說彙集裡，還有，老頭之下，除了我們就是十二將，和老頭同階的，也就只有『紀錄者』和『沉睡者』……」

玉初對於園區管理的系統設置，是三合制，其中包含「主系統」、「備份系統」，以及有如「黑盒子」般的「第三代位系統」。

一般狀況，主系統與第三系統同時運作，然而第三系統只負責「完整記錄」主系統的任何鉅細，絕不會干預（包括協助）主系統的任何行為，至於備份系統，只要主系統沒有失常到無法運行的地步，它「絕不會自己醒過來」。

「你說『沉睡者』不見了？怎麼可能？每次系統重整的時候，我們不是都會進行確認嗎？」

「應該這樣說：不知道是誰叫醒了他，然後他離開了他應該在的『那個地方』，但是他留下的東西，讓我們一直以為他還在那兒……他應該還在堡台。」

液態簡報現在在四人面前結構出的，是個蟲蛹般的形物。

「所以，你覺得葆鎮就是沉睡者？只是他不知道自己是已經被喚醒的沉睡者？」無封率先下了個結論。

「不是，不過也有這個可能。」卿瓏沒有否定無封的推測。

「瓏，你這樣翻老傢伙的底，他都沒題點你？」

「事實上，他對這些事根本沒什麼設防，我會發現東的存在，也是因為老頭幾次都當著我的面和東聯絡。」

「他們當著你的面見面？」

「可能有……有兩次，我在老頭那兒執行系統重整，都有個女型在一旁等著，老頭兩次都沒介紹她……」卿瓏尚未語畢，璇舞先聲奪人的喊了出來：「肯定是那個女型！」

四人間的空氣再次冷凝，凝結到像是能清楚感受到一秒鐘有多長那般，這回由無封提起開鋒：「瓏，你說的系統重整，是終讞程序嗎？」

「對。」不做二答，卿瓏即應。

「所以我們全都見過她了。」

長時間在誠邦左右，四人深知終讞程序的重要與嚴謹，在連線系統全部轉為「主從式」後，接著就是對系統內所有的單位進行審視，審視的目的，是為了評斷各單位是否有重新編碼的必要，以配合系統調整後的運作。

簡言之，終讞程序進行的過程中，不允許有任何的「未命名」。

「她會是沉睡者嗎？所以老爹覺得不介紹也沒關係……」

「那她至少會自己提名。」

「老傢伙到底在搞什麼？不但偷偷弄個後門取代了正門，沉睡者失蹤了也沒發令要大家找，然後說自己累了想休息就要置終？這根本是搞得一團糟，沒辦法收拾，所以才想要一口氣逃避這一切吧？」

四個男人，圍著圓桌議論紛紛；一個女人，冷不防的切進他們之間。

那女人彷彿從光流遊影中驟生，一瞬出現在諸確與璇舞之間，她那纖若白羽的雙臂，如收翼落附般，輕搭在兩人的椅背上：「別緊張，誠老先生沒那麼缺德。」

諸確、璇舞被這突如其來的女人，嚇得分閃兩邊！

無封一把扶住差點滾下椅子的諸確，璇舞則因猛個回頭而顧不得剛提起的美術瓷，深色飲液隨即在那圓白領域上，劃出自己的範圍。

卿瓏盯著那女人，故意裝傻的反問：「妳說的誠老先生，是指何人？」一手將自己的餐巾支援給璇舞，去搶救那同為深色受害者的實紙文案。

女人與卿瓏四目相鋒，淺笑而語：「這麼唐突真是抱歉，我其實是在這邊等人的，卻不小心聽到了各位的談話，正巧，你們剛談到的那位角色，我又正好見過他幾次，所以就順道過來湊個熱鬧。」

女人稱不上極豔，但她那隨處可見的平實，透過她那一身「挑釁古典的時尚高叉」以及「錦繡精繪的群龍蟠翔」釋散出某種說不出的媚。

無封從位子上起身，道：「有這麼巧？我們認識的誠老先生，都是同一位？」他盯著那女人瞧，眼神比卿瓏更惡狠個十幾倍，似是見到好幾世的仇人那般。

同時，四人也正彼此私訊：

「她是東？」

「感覺不像……」

「寶誼的人？」

「今天這個節骨眼，那票嫩雞應該正忙得沒閒情吧……」

卿瓏示意璇舞從臨桌抽張位子過來，邀女人坐下，同時要無封且慢動作，接著搓了枚響指，將面前的動態簡報一次打散到每個人面前的空域，秀出四人的名字，做了簡單的自我介紹：「相見即客，不知小姐怎麼稱呼？」

女人毫不扭捏，順邀入席，同時接過無封遞給她的茉莉清茶：「小名『蔚荷』。」

卿瓏似是聽出幾分端倪，輕笑說：「請教蔚荷，誠老先生為何置終？」

東方一族，衍自於人類滅亡前「最後的人工智慧」，它們透過「那最後」所保留下來的各種資料，逐一建設各個園區，進行各式各樣的實驗，以求「獲得最完整的結果」，好去成就一個「與末日之前最相近的社會」，然而無論是什麼樣的實驗，所呈現出來的結果，也只是「某個可能性的被表現」而已，當「受驗群體」的規模越龐雜，需要參考的「變數」也就越多，「隨之而生的無法預測」也跟著增加，東方一族於是陷入泥淖：

它們為了獲得更多的數據，為了實驗而實驗。

它們為了完整的數據而吹毛求疵，它們為了吹毛求疵而吹毛求疵。

「這位小弟剛剛有說，誠老先生覺得累了、想要休息，如此而已。」

「誠邦」是名字也是目標。

這個名字，讓這個角色微妙的察覺了，它所屬一族的歪謬與無稽。

東方一族藉由「那最後」所留下資料，在科技上迅速超越了末日前的水準，這讓它們加劇了對實驗的偏執，在它們一次次的實驗中，漸漸開始將園區裡的人類，視為「另一種生物」，在那「重建末日前人類社會」的大義牌坊前，園區裡的人類，逐漸淪為「負責產生數據的耗材」。

每當某個實驗告一段落，猶如一場派對的曲終人散，人就像那被用罄的瓶瓶罐罐，大量的、毫不被憐惜的，塞進垃圾袋、甩進垃圾桶。

每當某個新的實驗準備開始，彷似一場盛宴的前奏，人再次成為各式各樣的瓶瓶罐罐，再次被裝填、再次被送上，那名為楚門的舞台。

玉初：「既然是建立人類的社會，那麼用人類本身來做實驗，顯然是最適當的。」

「休息的方式不只一種，為何只求置終？」

「因為澈底。」蔚荷語落同刻，將飲罄的白瓷傾向四人，讓四人可清楚看到杯內的底部，做出那種「我喝完了」的表示。

誠邦知道有什麼地方出了問題，但是它就是「無法將問題提出」。每次的眾心會議，眾心們熱烈的交換各種實驗結果，甚至是比較著「這次又用掉了多少耗材」、「如何處理各式各樣的耗材」等——人不是耗材！誠邦在那不可視的數位空間裡，給自己吶喊！

不僅是人，各式各樣的生命，都在「重建末日之前世界」的堂皇偽光下，恣意的被生生死死，東方一族「一直想要重建末日之前的種種，反而造就了近在眼前的末日無間」。

貳士：「我們所要重建的人類社會，甚至是世界，是否應該著重於未來？而不是偏執於一個與過去相同，甚至是一模一樣的完全複製？」

焦點再次回到露天咖啡座的五人，蔚荷將白瓷置回桌面，接著道：「雖說澈底，但是他還是留了一些放不下，不是嗎？」像蛇盯著青蛙那般，蔚荷銳利的目光筆向卿瓏。

卿瓏筆起腰桿，將自己的上半身貼向桌緣：「『呈時的碎片』……老頭是這麼說的。」同時將那枚精巧、紅色的隨身碟，出置在桌上。

卿瓏此舉，引了三人的接二連三：黃色、藍色、綠色，四枚精巧如鏑的隨身碟，在那純白的桌面上，格外醒目：「看來，大家都有拿到他的屍塊嘛！」無封冷冷的道。

諸確視線在卿瓏與蔚荷間「猶疑」，笑得不懷好意：「這才是你約大家出來的原因吧！但是這位大姐，妳為何會知道碎片的事？」

蔚荷輕笑，遞出了那枚紫色的鏑形。

四人盯著那紫色，瞳孔放大的瞬間，悠揚鐘聲、悠然來到……

金城學園【其壹】

報時鐘響，在虛空中悠揚，悠揚乘著虛空，在陽光下遍布。

一同在那陽光下騰空飛躍的，是那紅白共構的軟膠球，簇擁在它一旁的，是充滿活力的喧鬧、嘻笑。

「看我的！」那女孩一個健步，疾進在眾人之前！

紅白著地前的一瞬，她趁隙而上，使勁一腿、催它急轉，急轉飛馳的終點，是應聲入網，場上隨即歡呼高昂！

不僅是競蹴著雙色球的孩童們，比鄰周遭的其他場地，亦散布著打發時間的學子們，進行著各式各樣的課餘競賽。

這兒是金城學園的一角，「初等部[2]」的綜合競場，它被設在一個人工台地的端緣，隔著防範學童跌落的安全圍籬，可勉強欣賞被網狀圍籬千刀萬剮的堡台市容。

場邊的休憩區，亦是一番光景，三兩一聚、談天說地，享受著等同於場內的嬉笑、歡愉。

「小苜！」劃進場內的高聲，讓女孩停下了動作。

視覺範圍內，那熟悉的寄託，笑著向她揮手。

「我『媽』來了，明天繼續吧！」女孩喜孜孜地和場上的同伴告別，三步併二步奔往場邊。

她在休憩區稍行滯留，取起書包和隨身雜庶，檢查有無遺漏，更打量著『母親』身旁那位掛

2 參考第一集 P.7。

著左瀏海的陌生女性：「……那種讓人看不清臉的髮型是怎樣啊？」

順手撥了一下額前被汗水灑散的豪邁瀏海，快步走向「母親」。

「看來我來得不是時候。」女孩的「母親」打趣相迎。

母女二人的形貌差距，令人印象深刻。

「母親」是十足的東方輪廓，瞳髮同淵，膚色雖略淺，卻仍不失那稻熟時的金黃。

女孩僅是髮色就與母親兩樣，光流游掠而過的瞬間，更見其深棕的魅誘，澄澈的稚瞳，爍著迷人的碧子青[3]。

「妳就這樣離場，隊友挺得住吧？」

「沒關係啦，那又不是正式比賽……您好，我是紫苜。」沒等「虔先生」帶領，女孩大方地自動作出「公關應對」。

---

3 「子青」，「青子」一詞的倒置。「青子」，廣東一帶對「橄欖」的俗稱，在此形容瞳孔的色澤，加用「碧」字另成一詞，是為強調眼球本身的「剔透感」。

堡台幸安條例第三十條：父親、母親之擔任、輪替，依照每月各項積分進行評比。

在堡台，「父母」的認定，是透過「家庭積分」及「親子經營」來決定，這個認定「和性別無關」，更會隨實際狀況進行調整，而「父母擔任」的最初認定，在男女雙方組成家庭之前就會完成。

有意生育的男女雙方，必須依照總局規定的格式，將「家庭計畫」製成書面資料，然後交給大街上任何一位「值勤中的飲料容器」，接著就是等候總局的面談通知。

「妳好，我姓蘆，叫我姐姐就可以了。」這樣的回應，顯然是最折衷的。話在喉頭的時候，左瀏海仍猶豫著是否要在稱謂上做講究，現在，小苜更是一副「妳怎麼會是姐姐？」的質疑表情。

「這位姐姐和儀琀一樣，都是從辰封來的。」虔先生接過小苜手上的雜庶，翻出汗巾，扼要介紹。

「和儀琀一樣哦……」小苜接過汗巾，打理起未隨風去的流瑩，更沒停下對左瀏海的打量。汗巾不規則得在小苜額、頰來去，帶走了剔透的流瑩，卻抹不去略沉的臉色，更擋不住那由眼角綿延無絕的睥睨。

「有的小孩就是這樣吧？不會輕易和人熟絡……」

左瀏海察覺了小苜那隱諱的警戒，她自我安慰，將這沒來由的敵意，歸咎於唐突的初次見面。

虔先生未細察那隱諱的不友善，接著談起校園生活的點滴，他和小苜一問一答，不一會兒，兩人就進入了蘊含特殊邏輯的對談空間。

縱使插不上嘴，左瀏海在一旁也默默的津津有味，她並不討厭小孩，如果有機會，她也想有個孩子。

笑語間，一行人步離了綜合競場，踏入了某個走廊，廊壁上展列著校內學子們的美術博覽：鉛成、彩墨、油雕[4]，千奇百幻、琳琅滿目。

無論是天外飛來的靈光一現，還是縝密慎思的匯集塑成，若隱若現、似有似無，洋溢著意識中那最接近原始的薈萃。

---

[4] 即「素描、水彩、油畫」。

「慢點啊？讓姐姐欣賞一下妳的大作？」虔先生喚著沒控制步速的小苜。

標題：小西，邊走邊吃．Q班．琳紫苜。

「小西」是圖中唯一的人形，置身在畫紙的左上角，雖是人形卻是個沒有明確面貌的幽邃魅影，魅影咧著弦月般的盆口、獸爪般的四指對著月口勤拋千彩繽紛。

千彩繽紛，來自魅影肩上那展疆無垠的異境神袋，糖果、餅乾、零食、點心，構成那僭越虛實的千彩繽紛，有如雪花老爺的聚寶箱，更勝好奇朵拉的謎錦囊。

仔細留意，那些正被拋進月口的糖果、點心，那些堆在袋中的零食、餅乾，每一個似乎都有著不同的名字。

「我都叫他小西，阿姨妳也有見過他吧？」

雖然不清楚緣由，但是似乎被討厭了，左瀏海心想。

「小西？」望著畫作，左瀏海只依稀判別出一塊標著「櫻格藍」的馬芬，還有半塊懸在月口上的「莉雅」。

「就是二型。」虔先生解釋。

「媽媽每次都在那邊二型、惡行的，難聽死了！」小苜滿是無法苟同。

「二型也不在乎別人怎麼叫他嘛……」虔先生企圖用傻笑敷衍過去，小苜又冷不防的捅上一句：「小西為什麼要把妳介紹給我們？」

這突如其來的搶問，藏著某種昭然若揭、目的不明的試探。

左瀏海含糊敷衍：「因為姐姐剛來這邊，很多事還需要多瞭解。」

「直接問小西就好啦？媽媽也都是直接問他，他幾乎什麼都知道……妳不喜歡小西嗎？」直接、坦率，有時候也是一種無法招架。

左瀏海的確不喜歡和人工智慧進行交流，她受不了它們那種毫不自掩的「邏輯優越感」。那種優越感，常讓左瀏海覺得自己像個白痴，又或是什麼低等生物，總是被那些電子生物嘲弄、欺侮——縱使這多半僅是她的「自以為」。

「不能凡事都靠小西。」虔先生笑著搭腔，「在辰封，大家多半都把心力花在自我調適上，不太有心思去互相認識、交流。之前的那對兄弟也是，小西應該也是希望大家能多些交流，讓大家盡可能的去適應這個完整的世界……」

辰封，東方二型的自設園區，主要目的：「暫時收容無法在園區內生活的人。」

二型不會讓任何人在辰封待太久，它認為辰封的規模以及運作模式，不是一個足以能被稱之為「社會」的地方：它認為，一個人若在這樣的地方待得太久，將會無法再融入「任何社會」。

虔先生試圖導正小苜的想法，未料，緊接著是脫序的下聯：「認識那兩個笨蛋真是浪費生命。」

「妳怎麼這麼說？」虔先生滿是錯愕，兩頰盡布苦笑。

「是媽媽你太好說話了，即使是小西，你也是可以拒絕他的，他和我們不一樣，很多地方都不一樣，他絕不會因為被拒絕就隨便討厭別人。」

甩弄著溼透的汗巾，小苜一本正經。

「因為他幫過媽媽不少忙。」沒有貪圖面子的偽善藉口，虔先生選擇就事論事，「比起他幫過我的事，他拜託的這些事，媽媽覺得微不足道。」

小苜顯得意興闌珊，沒再繼續這個話題，硬將焦點轉去其他的事，一行人就這樣晃過了藝廊，出了校舍大樓，踏上緊銜校門的PE大道。

「琳大俠！妳要回家了嗎？今天也有多的布朗寧耶！」男孩高聲吆喝，從天上傳來。

「今天就讓給你吧！」小苜對著二樓那隻活體喇叭，提嗓謝恩。

男孩向小苜揮手道別，二樓走廊裡隨即傳來一陣喧鬧。

虔先生笑著問：「他為什麼叫妳大俠啊？」

「嗯，這可要花點時間了，等下吃飯的時候我再報告！」

看著活潑淘氣，又伴著幾分成熟的小苜，左瀏海默默回憶起一些過去的事。

那些回憶，那些隨著忘卻之都而去，卻無法切實忘記的回憶，雖不完整，卻也足以提供一些療癒。

餘暉在校門口迎接一行人，虔先生和小苜分別拿出了自己的卡片，在通行閘口的感應區上接受掃描：「您好，貴府親長上週末與班導進行任何日常交流，竭請盡速抽冗為荷……」

堡台幸安條例第三十九條：擔任父、母者，連續三個月未達評比標準，總局將派員親府訪查、細究詳瑣。受訪家庭須先行備妥「自省文案」，以利訪核員從輕議處。

提示語音像個火花，瞬間點起小苜高聲激昂：「這不是媽媽的錯，上禮拜的負責人是儀玲！她很討厭！說什麼自己又不是真的堡台人，幹麼要遵守堡台的規定？」

虔先生沒因為這則警示而顯得困窘，他安撫著忿忿不平的小苜，同時指向近在二三步外的會客室：「妳們先在會客室等我，我去去就來……」獨自返回校舍大樓。

虔先生對儀玲多有體諒，因為他們並不是真正的家庭，他們一直在藉由二型的協助「更換園區」。

二型觀察著在辰封來來去去的人們，它發現「經歷與認知」，對人類來說，既是驅策前進的醒神鞭，更是造成自縛不前的絆腳繩。

為了增加每個人在新環境穩定下來的可能性，在去到新的園區之前，二型總是會徵詢當事人的決定：「是否要保留你的前一段生活經歷？」

虔先生是少數「持續累積」所有經歷的人。

而儀玲是少數「從不保留」過去經歷的人。

鏡頭回到校門口，小苜領著左瀏海，踏進會客室。

那是間童話般的古典建築，琳瑯繽紛的外牆設計，讓它像座薑餅屋。

薑餅屋裡寬敞、舒適，同時配有幾位貌似活動置物架的「校務掌」，提供書報雜誌的借閱以及零食飲料的販售。

現在，薑餅屋裡正有幾叢三三兩兩的等待，他們各成一據，閱讀、電玩、細語談天，打發著父母們隨機贈予的餘暇時光。

小苜沒有太多猶豫，立刻鎖定了一張荷葉造型的空桌，接著就在那葉緣旁的青蛙嘴裡坐下，左瀏海跟在她後面，將自己安在青蛙旁的那隻河馬嘴裡，正打算要招呼校務掌過來，看看有什麼東西可以磨磨牙，小苜就迫不及待地搶在她前面：「阿姨！妳要搬來跟我們住嗎？我叫小西把儀玲趕走，好不好？」

這怎麼成？左瀏海心想：本來至少還是個阿姨，現在一下子就要進級到直系親長的層次？

「她……真的這麼糟嗎？」左瀏海小心翼翼，想多了解一些原委。

「她根本就是個神經病，有事沒事就對媽媽大小聲，而且，她都不願意多去了解一些堡台的規定，害得我們常常收到一堆警告和改正提示，有些甚至還要小西去處理。總之！她就是一個討厭鬼啦！」

小苜像個牢騷滿腹的中年大叔，劈里啪啦地把儀玲給數落一頓，接著就是將左瀏海剛遞給她的發泡飲料仰頭一灌，然後用嘆氣的方式，大聲「哈」出喉嚨深處的不爽快：「即使在家裡，她也很少跟我們在一起，老是把自己鎖在房間裡，根本就是一個自閉的瘋婆，我覺得她一定是刪除記憶太多次，所以把腦子搞壞了。」

腦洞電波，東方一族的奇妙技術，研製這項技術最初的目的，是為了「能在最短時間內，確實的去瞭解一個人的想法」。

這項奇妙的技術，隨著園區一座座的落成，延伸出各種輔助它的計畫與發明，其中最直接相關的，即是「寬頻計畫」。

「寬」，即「增強」人腦對腦洞電波的接收效率，而「頻」，一方面是指人的腦波，同時也指血腦「屏」障。

血腦屏障是阻隔在血管與腦之間的一層細胞組織，這層奇妙的組織，基本上只讓氧氣（二氧化碳）與血糖通過，東方一族針對這層細胞，研製出一個代號「天窗」的物質。

天窗，白色粉末、十分親水，微微著幾分杏仁香，能輕易穿越血腦屏障，進入腦部、攀附在腦細胞上，這樣的攀附，如同為腦細胞加設了強波器，讓電波更容易進入人腦的同時，也使「腦部本身發出的訊號」能更加明確，訊號越是明確，電波的「截影」也會更加清晰，越能確實呈現那些未出口的想法。

截影，最初只被用作為一種資料備份的方式，並沒有被東方一族重視，因為對「它們」來說，只要能判別「訊號所代表的意義」，就足以做出適當的對應，有沒有圖像，並不重要。

然而，隨著園區規模擴張，社會行為愈形複雜，每個人的想法亦是多元，單純的訊號漸漸無法切中那些「口是心非」的細膩，截影的功能於是被重視，接著，「海馬宮略」隨之肇生。

「哦？原來她就是那個從不保留過去的人啊……禮……小西有和我談過她，他都稱她『無過者』……」

「哼！什麼無過者？小西給她這個稱號未免也太好聽了！一直讓自己腦袋空空的傢伙跟行屍走肉有什麼兩樣？根本就只是一台全自動的造糞機而已！」

海馬宮略，以「海馬體」為研究主軸的計畫，最初僅針對一些園區裡的罪犯進行實驗，特別是因為「心理不協調」而進行犯罪的「自我滿足犯」。

以腦洞電波為基礎，利用截影留下的歷史資料，東方一族成功的將罪犯們心理受創的記憶進行變造，大部分的罪犯，都宛若重生。

但是，「記憶」通常「不會僅屬於一個人」。

就像謊言那般，當你製造了一個謊言，你就得「為那個謊言」延伸出「更多的故事」。

「所以，妳爸……妳媽換過幾個園區啦？他說自己其實已經是個老頭子了……」

「嗯……我沒問過他，那沒什麼意義，因為每個園區的時流標準都不一樣啊！」聊著聊著，小苜冷不防的扯過左瀏海的左手，盯了一下她無名指起節上的那枚淡淡玫瑰金：「這是小西給妳的吧？有乖乖用他給的東西就不用那麼緊張啦！暢所欲言吧！用妳習慣的方式說話……遇到『關鍵字』的時候，聲音不要太大就好……」

東方二型與東方一族對抗的過程中，讓一些園區殃受了毀滅性的重創，大量的「類人類」在失去了「心」之後，只能在流離的苟存中，茫然的等待那絕對性的終結——死亡。

「是嗎？這也算是電子用品吧？萬一它突然故障……」左瀏海電子逆偏執，她知道自己活在一個由「電子意志」主導的世界，同時又對這個世界充滿質疑。

「如果它故障，小西會知道。」不由分說，小莔就是要左瀏海相信那枚戒指造型的「截波器」。

左瀏海，「前名」馥媛，「初生」在「卿禱」。

東方54、漢碼：卿禱，以濱海城市為實驗主軸的園區之一，其主導者「卿禱之心」在與二型交手的時候，以「園區內人類存亡」為要脅，開了惡例，引發眾心競相效尤。

卿禱之心，令園內的「氫氧合成儀」超產鉅量大水，同時製造人工海嘯，將整座園區硬灌為一片汪洋之獄，要淹死園內所有的人類，這迫使二型將卿禱的外牆破壞，大水驟退的同時，園外未處理過的大氣也湧進了園區，逃過水劫的人，接著便是在窒息的懸繩上，與死神拉鋸……

「嗯……我可以問一下，妳為什麼叫二型小西啊？」左瀏海忍不住想知道。

「因為他很會吃啊！『拜博神話』裡的貪吃神，就叫小西啊……」小苜毫不猶豫中帶著幾分自豪，同時操弄著她掌中的無智通，發訊給那名為「大和」的帳號。

本次出版
特別感謝

台　北　李淑妹
馬爾摩　徐至雨、孟廣英
台　北　徐敬真
台　北　鍾婉娜

說，故事47

寶誼之心2

建議售價・200元

國家圖書館出版品預行編目資料

寶誼之心2／一杯飲料著. --初版.--臺中市：
白象文化，民104.09
面： 公分.——（說，故事47）
ISBN 978-986-358-207-6（平裝）

857.7 104011906

作　　者：一杯飲料
校　　對：一杯飲料
繪　　圖：Li Sa
專案主編：林孟侃
出版經紀：徐錦淳、黃麗穎、林榮威、吳適意、林孟侃、陳逸儒
設計創意：張禮南、何佳諠
經銷推廣：何思頓、莊博亞、劉育姍、王堉瑞
行銷企劃：張輝潭、劉承薇、莊淑靜、林金郎、蔡晴如
營運管理：黃姿虹、李莉吟、曾千熏
發 行 人：張輝潭
出版發行：白象文化事業有限公司
402台中市南區美村路二段392號
出版、購書專線：（04）2265-2939
傳真：（04）2265-1171
印　　刷：基盛印刷工場
版　　次：2015年（民104）九月出版一刷

設計編印

白象文化｜印書小舖

網　址：www.ElephantWhite.com.tw
電　郵：press.store@msa.hinet.net